¡¡¿Quieeén?!!

Arturo R. Vázquez

Julio 2023.

Agradecimientos. Este libro está dedicado a:

Mi esposa Teresita, quién haciendo alarde de su Maestría en Literatura, es la mejor crítica de mis escritos. ¡Acatas sugerencias o te vas a dormir a la tina!

Mi Hermana Alma Luz, quién ha leído todos mis escritos y me critica la ortografía, la gramática y muchas veces mis ambigüedades y faltas de coherencia. Y escribir el prólogo. Tal vez le sobre la crema.

Mi sobrina Luz Elena "Silver" quién pidió ser incluida en la novela. Complacida. Lee y me corrige la ortografía con mucha precisión, es maestra de escuela.

Andrés Prieto, por su diseño de la portada. Nadie la habría hecho mejor, Gracias.

Prof. Manuel M. Mendoza, profesor de preparatoria quién inculca en sus estudiantes, el amor por la lectura y les hace pensar en los beneficios resultantes.

Mi hija, Teresita, por facilitarme, ayudarme y sacarme de apuros; pues la tecnología, me llegó tarde en le vida. Cero a la izquierda del punto.

A mi hermana Carola, que siempre apoyó mí deseo de escribir.

Y por supuesto, Gracias a Dios por permitir cumplir mi ciclo: Tener un hijo (3) Plantar un árbol (100) y escribir un libro, ahora solo le pido: LECTORES. Gracias.

Prólogo:

He conocido y encontrado soñadores, esos soñadores que van por la vida con sueños, sueños bellos, sueños rotos, sueños cumplidos, sueños abandonados, de todo tipo de soñadores, pero en el autor de este libro he encontrado un soñador cómplice con la vida.

Arturo es un soñador romántico y tiene un romance con la verdad, está decidido a ver realizado su sueño, empezó como muchos escritores; escribiendo poesía, pasó por la escritura de cuentos y llegó a la escritura de esta novela, una novela que retrata la vida, y que con pinceladas de humor nos lleva por la senda de la fantasía claramente pintada por la realidad. Quién, es el resultado de borradores, ideas, y determinación, quiere uno sorber hasta el último minuto y no dejar la lectura hasta llegar al inesperado desenlace. Y esto no es un halago, -por el honor de pedirme el prólogo- es una realidad, pasa por los obscuros arreglos de la justicia, la impunidad, la injusticia y el justo pago por todo ello.

Estoy segura que quienes lean esta novela encontrarán semejanzas, (puras coincidencias), referencias, (también coincidencias) y encontrarán también una romántica justicia.

Capítulos:
1.- El Lic. Emeterio Rubalcaba Flores
2.- Ídolo de barro
3.- El equipo
4.- La junta bomba
5.- Un buen ardid
6.- Misión improbable
7.- Una pequeña lucecita
8.- Enciendan la luz, el show terminó, ¿Cierto?
9.- Charles Manson regresa
10.- Un dálmata con una mancha más
11.- ¡Herencia! ¿Y mi parte?
12.- Sueño de grandeza de buena intención
13.- Miel o hiel, pruébenla
14.- El gran fraude
15.- Broncas, ¡Salvajes!
16.- Ay méndigo!
17.- El karma regresa
18.- ¿Puede haber un crimen perfecto?
19.- La investigación frustrante
20.- Un sepelio sin llantos
21.- Solo Dios sabe, y no nos va a decir

¡¡¿Quieeén?!!

Arturo R. Vázquez

Julio 2023.

Cualquier caso similar actual o pasado; no es coincidencia, es realidad.

Preámbulo

En México una de las profesiones más lucrativas son las relacionadas con leyes, ya que por muchísimos años los gobiernos se dedicaron a establecer una burocracia propicia para el enriquecimiento, el soborno y la protección de los patrocinadores de campañas políticas amañadas; ya en el poder, contratos fuera de licitación eran el pan de todos los días, el costo de una obra debería contar con los renglones de regalías para los involucrados gubernamentales y los achichincles de mayor rango; por lo tanto, un país sumido en la miseria, y la acumulación ilícita de riquezas para presidentes, gobernadores, diputados y senadores, sin omitir que estas prácticas se extendían a todos los niveles desde el pueblo pequeño a las grandes ciudades. Por supuesto que el dicho favorito de esos tiempos era: "vivir fuera del presupuesto, es vivir en el error" creando a los "super sabios" que pasaban de ministros de agricultura a ministros de finanzas, ministros de justicia a ministros de educación (como castigo por no alinearse correctamente) y consecuentemente, a la hora de fijar los presupuestos se repartían de acuerdo con la concordancia con el mandatario en turno y claro, el renglón más castigado siempre fue el área de educación, maestros mal pagados, escuelas sin las mínimas facilidades para beneficio de los estudiantes, carencia de becas, de presupuestos que permitieran la investigación y un desarrollo poblacional justo y equitativo. Los costos de admisión eran exorbitantes, las colegiaturas aún más y los sobornos por títulos profesionales eran bastante comunes, muy en especial para los hijos de gente rica que tan solo necesitaba el titulo para presumir, muchos jamás ejercieron y los pocos que lo intentaron fueron fracasos irremediables. Una producción de buenos profesionistas muy baja que luego batallaba para conseguir trabajo por falta de buenas recomendaciones y su nula experiencia, así era el mercado.

Tan solo los hijos de millonarios y; por supuesto, los hijos de los gobernantes eran enviados a estudiar fuera del país, en los mejores colegios y universidades del mundo. El resto del pueblo los estudiantes apenas terminaban la escuela primaria para cuando debían integrarse a las fuerzas laborales, con salarios bajísimos y sin oportunidad de un buen futuro.

En este contexto socioeconómico de un país con una explotación poblacional dentro de las mayores a nivel mundial, tan solo por debajo de China, de India y algunos otros países de esa área. El resultado fue la expansión de los grupos de malhechores, mafias dedicadas al robo, secuestros y hasta asesinatos, y por supuesto los grupos de producción y distribución de drogas y estupefacientes, abriendo mercados; tanto en los Estados Unidos como la vieja Europa, crecieron como espuma, multiplicándose cada día; por supuesto reportándose con el que se atravesaba y repartiendo parte de las ganancias por la protección y; por qué no, un poco de ayuda en caso necesario; por ejemplo, viajar en el avión presidencial con una maleta que no iba a pasar inspección aduanal, y bien cargada, ya en su destino, la maleta sería cambiada por la original de "la mula" y al regreso lo mismo pero en lugar de droga, el producto del negocio. Muchas de estas "mulas" aprovecharon bien su tajada para subir en el escalafón político del país.

Seria impropio, injusto y falso decir que el egocentrismo político es exclusivo de México, al contrario, en cientos de países se viven condiciones similares e inclusive peores. Al principio de los años 60. La juventud comenzó a despertar, a exigir el derecho a mejores escuelas, mejores oportunidades de estudios, escuelas con maestros de mejor educación, capaces de impartir conocimientos de valor y cuantía para el desarrollo de profesionistas verdaderamente capacitados para hacer crecer las pocas industrias, pero al mismo tiempo propiciar las inversiones extranjeras que prometieran creaciones de empleos, sueldos de acuerdo a capacidades y oportunidades de desarrollo, ya para 1968 la explosion fue mundial, China, Estados Unidos España y México fueron los países protagonistas de las mayores actividades de protestas; en muchos casos, hubo asesinatos tratando de opacar le revolución educacional exigida por la juventud. Se abrió una brecha generacional que buscaba la potencialización de capacidades y en el mundo gradualmente creció el número de profesionistas en todas las áreas del saber.

En todo el mundo ha habido personas de bien, aun cuando tendremos que utilizar la lámpara de Diógenes para encontrar uno dentro del ámbito político. Pero, debido a las protestas estudiantiles, protestas contra la guerra de

Vietnam, el caso de la protesta de la Plaza de Tianannmen. Al igual que la plaza de Tlatelolco, donde las masacres fueron de miles de estudiantes, obligaron a los gobiernos a poner un poco más de esfuerzo en las áreas educacionales. De esa manera muchos jóvenes de orígenes humildes pudieron llegar a tener una buena instrucción y título profesional. Desafortunadamente esa misma brecha, abrió un abismo en la buena educación y se empezaron a perder muchos de los valores morales como el respeto y la honestidad, inician varias generaciones de profesionistas no por vocación sino por el potencial económico que esa carrera representa. ¿No lo creen?, escuchen lo que la CNDH está comentando sobre la segunda mitad del siglo 20.

Capítulo 1, El Licenciado Emeterio Rubalcaba Flores.

Emeterio Rubalcaba Peña, tuvo un solo hijo: Emeterio, y su madre Rosa María Flores de Rubalcaba. El padre había sido un político hábil, escaló varios puestos importantes, fungió como Agente del Ministerio Publico, Director del Colegio de Abogados, y Ministro de Justicia División Notarial.

Logró acumular una riqueza envidiable, pero dentro de su juventud y su ansiedad por comerse el mundo, era déspota, mal hablado y se deleitaba insultando gente, especialmente a los jóvenes recién salidos de la Facultad de Leyes. Además, le encantaban la velocidad, el pisto y los burdeles. De tal manera fue su suerte que ocasionó un accidente en el cual perdieron la vida veinte personas que viajaban en un transporte urbano; el abogado al pasarse un alto, a gran velocidad le pego al camión haciéndolo volcar a un canal donde al caer se produjo un gran incendio donde tan solo dos personas lograron escapar con muchas quemaduras y golpes de consideración.

El abogado duró unos treinta días en coma; pero al final, también falleció. La gran cantidad de testigos permitieron establecer la culpabilidad del abogado en el trágico accidente y muchos de los jóvenes licenciados, especialmente aquellos que habían sido maltratados, se juntaron para demandar indemnizaciones para las familias afectadas 22 en total, abalanzándose sobre los bienes que el licenciado había acumulado, dejando a la viuda en la calle, sin dinero, o cosa de valor. Los jueces que juzgaron el caso evitaron limitarse a los bienes de él y sin respetar la copropiedad de la casa, que también se remató para cubrir gastos funerales, médicos e indemnizaciones.

La Sra. Rosa María, mujer hermosa y de origen humilde, había sido una gran confeccionadora de vestidos de quinceañeras y novias que se ganó la admiración de la alta sociedad, que acudía con ella para sus eventos importantes y que Emeterio conoció cuando acompaño a su prima a comprar su vestido de novia, A partir de ese momento, los dos se enamoraron y pronto se casaron. Los papás de Rosa María, a unos tres años del matrimonio, fallecieron de causas naturales, la mamá de cáncer y el papá de soledad, ansiedad y desesperación.

Le dejaron como herencia una casita el norte de la ciudad, colonia Las Granjas, humilde pero sumamente tranquila. Ahí se fue Rosa María con su pequeño hijo de apenas siete años, abrió su taller de costura y confecciones y la fama creada con anterioridad la permitieron hacer una buena vida, darle a su hijo la posibilidad de estudiar y desarrollarse. De tal manera, Emeterio junior poco antes de cumplir los 24 años se graduó de la Facultad de Leyes.

Desafortunadamente muchos de los genes malos son hereditarios, este hombre no fue la excepción, era soberbio, irrespetuoso, fatuo y hasta cierto punto malvado, su corpulencia le permitía abusar de otros y lanzaba tantos insultos como el Papa bendiciones, puede que más. Con la ayuda de Rosa María logró establecer un despacho y contratar varios de sus compañeros donde todos ganarían por resultados.

Pronto el despacho se hizo famoso, pues fueron contratados para la defensa de unos juniors que drogados y embriagados ocasionaron un accidente donde una joven de nombre Angelica Urbina, de 16 años quedo discapacitada, Su padres Angela y José Urbina eran gente humilde, trabajadores El fiscal pedía 10 millones de pesos de indemnización, los papás de los juniors estaban dispuestos pagar tan solo un par de millones, así que el licenciado sobornó al fiscal con medio millón y conformo a la familia de la joven con uno y medio. En adelante, sacar juniors de la cárcel, arreglar con poquito los daños materiales y hacerse casi indispensable para los padres ricos con hijos irresponsables, se hizo la principal fuente de ingresos, por supuesto los otros licenciados jóvenes eran los que recorrían las calles, el tan solo se encargaba de llegar a un buen "arreglo" con los otros abogados, jueces y otras autoridades.

El despacho seguía creciendo gracias a las relaciones del abogado con empresarios que le habían contratado por sus hijos, pero ahora, hasta por despidos injustificados como fue el caso donde Raúl Jiménez demandaba su pago; aun cuando el trabajador merecía ser despedido, las faltas de cumplimiento de los protocolos establecidos en la Ley del Trabajo eran sumamente comunes y donde cualquier juez justo, condenaría a la empresa al pago completo más otra compensación por daños morales causados al trabajador. Sin embargo, la burocracia establecida permitía que el abogado sacara la empresa de atolladero con un pago mínimo, huecos como pago por presentación de documentos fuera de tiempo y forma, insultos y amenazas efectuadas por el trabajador en el momento del despido, con varios testigos de que él no dio la oportunidad de mostrarle el acta del motivo de la cancelación del contrato de trabajo y así por el estilo. Además de alguna propina a la Junta de Conciliación, lo cual aseguraba seguir ganando esos casos. De cualquier manera, Raúl salió con lo mínimo que marca la ley, salió furioso; pero era poco menos que nada lo que podía hacer.

Los otros casos que dejaban buenas utilidades al despacho eran los divorcios, donde el mandamás y en varios casos la mandamás eran los eternos ganadores, con infidelidades probadas o inventadas, con fotografías comprometedoras y justificantes apócrifos que no parecían mentiras, y utilizando falsos testigos que no les importaba cometer perjurio durante el juicio, mandaban al caramba todas las posibilidades de un divorcio justo y equitativo para las partes en separación y tan solo uno de ellos ganaba. A Jacinto Fernández, un hombre joven que se había casado con una mujer muy rica que le llevaba algunos años, le inventaron tres hijos con pruebas de tener su mismo ADN, con una linda mujer que él jamás conoció; pero ella aseguraba haber sido su amante por cinco o seis años.

Ni su ropa le dejaron sacar de la mansión. De pilón, terminó en la cárcel por no haber pagado las pensiones a sus hijos. Pronto salió de la cárcel y perdió la patria, nadie supo para donde se fue, pero el caso es que no se le volvió a ver por muchísimo tiempo, cuando regresó, se podría considerar hombre rico, buena camioneta y ropa de primera, pronto abrió un negocio de importaciones de chucherías de esas, que nadie necesita y todo el mundo compra creyéndose artistas creativos y que solamente sirven de relleno para muchos closets por toda la ciudad.

Nunca olvidó las humillaciones que los abogados le hicieron pasar, tampoco perdonaba a la mujer que simplemente lo quiso cambiar por otro y le ofendió y despreció mientras que él la había hecho sentirse joven de nuevo, y que al principio lo presumía entre sus amigas. Ahora el rencor y el odio establecieron residencia en su corazón.

Capítulo 2, Ídolo de barro.

Una mañana, a Emeterio le estaba esperando otro abogado, Humberto Pérez Sosa, conocido por ser el defensor del jefe de la mafia local, quien se encargaba de los casos menores como era sacar de la cárcel a los puchadores, a quienes nunca los agarraban con grandes cantidades de mercancía para que fueran considerados como delitos contra la salud y se les declaraba usuarios, una pequeña multa, otra pequeña propina y adiós, así funciona la puerta giratoria. Pero hoy estaba en este despacho, sin cita ni previo aviso; seguramente algo fuera de su alcance.

Efectivamente, al hijo de Bulmaro Guzmán, jefe del cartel del norte de nombre Juanito, de unos 25 años, había caído en una trampa planeada por agentes federales quienes, actuando como posibles clientes, habían trabado amistad y por supuesto la intención de compra de gran cantidad de droga. La amistad creció durante cuatro o cinco meses, los agentes visitaban el mismo tugurio y hasta usaron algo de la droga que Juanito les proporcionaba, parecían reales y gastaban el dinero a mano llenas. Juanito cayó de cabeza en ese cuatro, le arrestaron cuando trataba la compraventa de dos kilos de cocaína, de pilón se lo llevaron a la ciudad de México para usarlo de cebo y atrapar a Bulmaro, el jefe.

El abogado Pérez Sosa, le dijo en pocas palabras lo que el jefe Juan quería, Emeterio se quedó sin habla por algunos momentos, sabía muy bien lo que significaba oponerse a los deseos del jefe de la mafia del norte. Además, estaba consciente de sus limitaciones de influencia a nivel federal. Ahora sí que ese dicho de "crea fama" y mantente bien despierto, habrá quien te vea como el "non plus ultra" y capaz de resolver cualquier problema sin medir tus límites.

Con una calma que no sentía, le pidió a Pérez Sosa le diera todos los detalles que tuviera, para estudiar las posibilidades y hacer un buen planteamiento. Comenzó Pérez con su relato:

- "Habían citado a Juanito en un tugurio por el rumbo del aeropuerto, ahí le tendrían el dinero y que él les llevara su merca. Juanito confiado de que eran dos buenos amigos, no dudo ni un momento en hacer lo solicitado, cuando llegó, estaban en un salón medio privado y lo primero que hicieron fue abrir el maletín cargado de dólares. Juanito les entregó su maletín que ellos abrieron, sacaron una de las bolsas y con una navaja la cortaron y uno de ellos se puso una pisquita en la lengua, aprobando la calidad de la mercancía. La única precaución de Juanito fue llevarse a uno de los muchachos de su confianza, este se mantendría a cierta distancia y solamente intervenir si Juanito se lo pedía, sin embargo los tres salieron del tugurio llevando cada quien su maletín, una vez afuera, los federales sacaron sus pistolas y encañonando a Juanito en la cabeza se identificaron como agentes federales y que él quedaba arrestado, le torcieron los brazos y lo esposaron para luego subirlo a una camioneta grande negra y de reciente modelo, Juanito vociferaba y los maldecía, inclusive se atrevió a amenazarlos por traicioneros."

- "Ernesto no pudo intervenir pues uno de ellos siempre le tuvo la pistola muy cerca de la cabeza y partieron con rumbo del aeropuerto, Ernesto se subió a carro de Juanito y a distancia los siguió, entraron al aeropuerto y se fueron hacia la izquierda de la entrada principal. Ernesto con mucha precaución los siguió hasta que, en uno de los últimos hangares, entraron y cerraron las cortinas de acero dejando a Ernesto en la oscuridad y nada por hacer. Minutos después escucho un avión y Ernesto corrió hasta pasar el último hangar y se encaminó hacia las pistas, tan solo para ver un mini jet a punto de despegar. Se regresó, tomo fotos del hangar donde habían metido a Juanito, me habló por teléfono y vino a verme. Me contó lo que le he dicho, me entregó el celular de Juanito que se había quedado en el auto. Y eso es todo lo que sé".

- "Por supuesto Bulmaro se puso furioso y hasta me amenazó"

- "No vuelvas sin mijo porque ya te imaginas lo que puede pasar",

- "Y por supuesto el jefe me ordenó venir a verte y contratarte pues te considera el único que puede lograr liberar a Juanito, claro, que la recompensa hará que los esfuerzos hayan valido la pena. Acuérdate que por billetes no paramos".

Emeterio se limitó a contestar:

- "Consideraremos todo y hoy mismo vamos a analizar la situación y buscar por donde llegarle, te advierto que está mucho muy difícil, te espero mañana para terminar de ponernos de acuerdo."

Pérez se levantó, extendió su mano hacia Emeterio quien sin ganas estrecho la mano y se volvió a sentar. Antes que Pérez llegara a la puerta, Emeterio le gritó:

- "Tráigame el teléfono de Juanito". Pérez solo hizo un ademan positivo con la mano y se fue.

Capítulo 3, El equipo.

Inmediatamente Emeterio convocó a una junta con todos los abogados y sus asistentes a junta urgente. El despacho contaba con cinco abogados, entre ellos estaba el Lic. Manuel Jurado, de unos 28 años, que se había especializado en engrasar la puerta giratoria, sacar delincuentes menores que trabajaban para jefes ricos a quienes no convenía que sus achichincles estuvieran demasiado tiempo guardados porque podían "cantar", Jurado se encargaba de casos de estafas, fraudes y con extraordinarias relaciones con el personal de los juzgados, además del personal de la policía municipal y otras autoridades. Era eficiente en su trabajo y por supuesto siempre recortaba las propinas pues él pensaba que también merecía una tajadita.

El Lic. Carlos Bobadilla, especialista en procesos familiares, divorcios, demandas de pagos de manutención, con gran imaginación acorralaba a los demandados hasta casi hacerlos reventar y aceptar efectuar los actos solicitados en las demandas. No le importaba dejar a un trabajador con tan solo un 30% de sus ingresos, la mujer ganaba. Tenía arreglos con un laboratorio para los requerimientos de pruebas de paternidad, y así por el estilo se las gastaba.

La Lic. Judit Molina, jovencita de unos 26 años, hermosa y frondosa, que, junto con Bobadilla, ganaban todos sus casos y a quien el dicho "el fin justifica los medios" era su oración de la mañana. Coqueta irremediable, sabía bien seleccionar su ropa para la ocasión provocando distracciones cuando se requerían, además una voz firme, pero dulce, acaramelada, de esas que te provocan deseo que te hablen al oído, muy despacito y muy prometedor. Mentía descaradamente mirándote a los ojos, ni siquiera parpadeaba.

Contaba el despacho con los servicios del Lic. Ernesto Talavera, de unos 48 años, casado y con dos hijos, bastante responsable y dedicado al área penal, tanto de accidentes como muertes provocadas, se sabía la Jurisprudencia nacional casi de memoria, presentaba los argumentos más inverosímiles pero muy convincentes. Era bastante honesto; sin embargo, la vorágine que envolvía al despacho, aun a regañadientes tenía que aceptar algunas opciones POQUITO menos honestas. (Que hermoso oxímoron.)

La Lic. Rosario Cruz, entrando en sus cuarentas, especialista en herencias y traspasos de dominio, intestados y cosas por el estilo, Aportaba buenos ingresos al despacho, "Recomendaba" la Notaría a la cual acudir para elaborar las actas finales, estos a su vez gratificaban al despacho, cosa común, el pan de todos los días, aunque a veces con mermelada; o, una buena torta de jamón con mucho aguacate. Mujer poco agraciada pero muy eficaz en su trabajo, desde la primera visita solicitaba todos los documentos que requería para presentar al juzgado correspondiente las demandas elaboradas con mucha precisión y excesivo vocabulario profesional, impresionantes presentaciones, y muy convincentes.

Todos ellos contaban con su IBM, y veme a traer este documento, o ya de perdida: y veme a traer unas buenas tortas y refrescos, en algunos casos hasta cosas personales como y veme a pagar el agua o la luz.

Por supuesto, el licenciado en Administración, Omar Valdivieso encargado de Recursos Humanos. Muy eficiente en su trabajo, fijaba los honorarios por los servicios de acuerdo con los precios de la competencia, claro un poquitito más altos, pero dentro de un rango aceptable, se encargaba de las finanzas, depósitos y pagos a los empleados de acuerdo con los contratos y su porcentaje personal. Pagos de sueldos a los otros empleados como el chofer cuyo nombre era; por supuesto Jaime, el joven, el encargado de correspondencia, conocido como Raulito y las dos empleadas de limpieza, Domitila Nieto y Prudencia Salas, mujeres ya mayores que mantenían el despacho impecable; la jovencita de la cafetería, "Beni", su nombre real era Benedicta; quien ofrecía algo de tomar a los clientes mientras esperaban. También estaba la encargada de la recepción, teléfonos y registro de visitantes, Victoria Talamantes, solamente conocida por Vicky, Jovencita muy agraciada, apenas cumplidos los 23 años, de una increíble amabilidad y muy bonita, mucho muy eficiente en su trabajo, al enviar un cliente a los privados del abogado, les recordaba cuanto tiempo tenían antes de la siguiente cita, muchas veces les preguntaba a los clientes si traían todas las copias requeridas y, constantemente les imprimía las copias necesarias para sus trámites.

Elvira Salas era la secretaria particular de Emeterio, joven de 24 años que había participado en la inauguración del despacho hacia poco menos de cuatro años. Jovencita agraciada que originalmente fue contratada por demostrar eficiencia y capacidad en su trabajo; sin embargo, su suerte cambio un poco cuando Emeterio puso sus ojos en ella, la sedujo y eventualmente la convirtió en su amante de ocasión; claro, inteligentemente prevenía los posibles resultados negativos de sus encuentros. Nieta de Domitila y Prudencia, Nada de devaneos en las oficinas y mucho menos delante del personal, ambos sabían controlar sus emociones, eventualmente, se convirtió en un amor unilateral por parte de ella.

El Lic. Rubalcaba estaba casado con una mujer de Argentina, nieta de unos nazis que, al acabarse la Segunda Guerra Mundial, se refugiaron en ese país, algunos se casaron con mujeres argentinas y formaron familias. Era rubia, frondosa y demasiado orgullosa y pagada de sí misma, se pasaba el día en el gimnasio y luego iba a los centros comerciales a buscar ropa, compraba el vestido que le gustaba, eso sí, una talla más chica de lo que necesitaba, y hasta creía: "con los aeróbicos, podré estrenar este vestido muy pronto" falso, a las tres semanas iba a devolverlo. De recién casados, ella se descuidó y tuvieron un hijo; por supuesto, se llamaba Emeterio Rubalcaba Muller que pasaba más tiempo con la nana que con la mamá, mujer madura que chipleaba al niño hasta en sus aberrantes caprichos, para ahora tenía siete años y todos los días lo llevaban a un colegio particular, donde;

claro, todas las maestras se quejaban de su comportamiento y se pasaba días y hasta semanas enteras castigado. Era muy inteligente, tenía mucha imaginación y la aprovechaba para sus travesuras. Qué futuro le esperaba.

Emeterio y su familia vivían en una zona residencial, y la casa estaba al final de la calle de entrada, casa de cuatro recamaras, tres baños, enormes la sala y el comedor, que raramente se usaban. Cocina enorme con todos los utensilios todavía nuevos, pocas veces se cocinaba algo ahí. También tenía una oficina privada.

Capítulo 4, La junta bomba.

-"Todos ustedes saben", comenzó Emeterio, "quien es Bulmaro Guzmán, hijo de Juan Guzmán el capo que se mató hace unos tres años en un accidente en lo alto de la sierra, bien, al hijo de Bulmaro, Juanito, los de la federal le tendieron un cuatro bien preparado y lo pescaron "in fraganti" en la venta de dos kilos de coca, lo arrestaron y se lo llevaron a México, normalmente nosotros sabemos si tomamos un caso o lo dejamos pasar; pero ahora no, el capo actual, Bulmaro nos ha elegido para sacarlo de este atolladero sin saber que somos un equipo llanero, nos manda a jugar en las grandes ligas. No hay mucho para donde hacerse, si nos negamos, nos mata posiblemente a todos, si fallamos correremos la misma suerte; por lo tanto, solo nos queda solucionar este problema, lo más rápido y eficientemente que nos den nuestro amor a la vida, están conmigo o salen huyendo como ratas en un naufragio. Estemos también conscientes que, si tenemos éxito en este caso, la recompensa económica será bastante considerable, pues lo que a ellos les sobra es el dinero que les deja el tráfico y la venta, que estemos de acuerdo o no, es de los más lucrativos en el mundo. Ese factor económico puede ser nuestra mejor arma de ataque; sin embargo, estoy consciente de que no tenemos las mismas relaciones en México que aquí en el estado".

Haciendo una pausa, fue fijando su mirada en cada uno de sus agremiados, tratando de ver su reacción; pero, todo ellos estaban entrenados para jugar póker y no dejar salir sus emociones en sus rostros, todos le sostuvieron la mirada y Emeterio no tuvo más remedio que continuar su arenga.

- "La razón por la cual los he congregado aquí es porqué pienso que todos ustedes pueden aportar algo que nos ayude, por ejemplo: si tienen algunas relaciones con gente de México, si conocen a algunos federales locales que hayan colaborado con nosotros, si tienen alguna idea de las fallas que pueda tener esta detención y cuáles son los pasos para seguir, en fin, expongan sus pensamientos y entre todos juzguemos las probabilidades de tomar ciertas acciones. Por lo pronto hoy nadie sale de aquí, ya le da instrucciones a Vicky de cancelar y postponer todas las citas del día. tienen un par de horas, he ordenado unos bocadillos para comer aquí y nos vemos dentro de dos horas, quiero ideas concretas" "A trabajar". Antes de salirse de la sala, les dijo "Si quiere pueden quedarse aquí, les mandaré café y refrescos" y salió sin más.

Iba furioso pensando que una jauría le hubiera acorralado en un callejón sin salida, sabiendo que la batalla era de vida o muerte, cavilando aceleradamente en las posibles alternativas y llegó a la conclusión que la prioridad era regresar a Juanito a la ciudad de Chihuahua, donde por supuesto tendrían mejores oportunidades de salir avante de esta situación.

A Vicky le toco bailar con el más feo del mundo, pero le habló a Omar, quién bajó inmediatamente y comentando la situación extraordinaria, ella propuso inventar el fallecimiento de alguien cercano a Emeterio y aunque la abuela había fallecido hacía no sé cuántos años, que creen, se volvió a morir, ordenaron un moño negro urgentemente y lo colocaron en la entrada y conforme los clientes fueron llegando a sus citas, a Vicky le brotaron sus cualidades de artista y casi llorando les explicaba que el despacho estaría cerrado por el fallecimiento de la abuelita de Emeterio, que por esta inconveniencia, recibirían un descuento especial en sus tratos y que en un par de días; esperaba, todo volvería a estar normal y que tratarían de recuperar el tiempo perdido para ellos. Cosa curiosa, casi nadie protesta cuando nos ponen por excusa la muerte de un ser querido. Qué hipocresía.

Dos horas después, Emeterio volvió a la sala de juntas, era un poco después del mediodía y todos se encontraban comiendo sus últimos bocados, los cuales fueron apurados con un poco de refresco y volvieron a sus lugares, esperando una reacción negativa de Emeterio; sin embargo, no fue así, con toda la calma del mundo les deseo

- "Buen provecho", se sentó y comenzó a revisar sus notas, casi dos hojas que había escrito, por primera vez en su vida, había trabajado de verdad.

Luego, se paró y preguntó

- "¿Han llegado a alguna conclusión sobre cuál es la prioridad en este caso?" a lo que el Lic. Talavera, levantando su mano, como pidiendo la palabra, se levantó y expuso:

- "Hemos estado analizando la detención y creemos tener la posibilidad de darle un viso de secuestro, aun cuando fuera detenido, no se justifica la pistola amenazándole con la muerte, la declaración de Ernesto será clave y podríamos requerir su traslado a Chihuahua pues ni los federales están por encima de la ley" "nos hemos concentrado en esta posibilidad y encontramos dos jurisprudencias, una en Michoacán y otra en Sinaloa, tenemos muchas posibilidades de ganar."

Emeterio no pudo menos que sonreír internamente y poner una palomita de aprobación en su primera nota.

Luego, el Lic. Talavera continuo,

- "Necesitamos revisar el teléfono de Juanito para ver si hay alguna prueba de que los agentes se atizaron, Conocer y entrevistar algunos de los amigos de Juanito para ver si hay fotografías que puedan comprometer la integridad de los federales, saber sus nombres e investigar sus pasados, a todos los gatos les pisan la cola de vez en cuando, y no llegaron a federales por ser "santos". Tenemos los nombres de tres federales que han cooperado y estamos tratando de establecer la mejor manera de llegarles, pero en ese contexto estábamos".

- "Bueno" comentó Emeterio, "pediremos que nos traigan a Ernesto, con su teléfono y el de Juanito; de donde podremos rastrear amistades y posibles pruebas que nos permitan poner en duda la integridad de los agentes y de ser necesario y posible, comprarles, como dijo Álvaro Obregón, "no hay general que aguante un cañonazo de 50 mil pesos", aunque ahora el número cambie.

Siguieron analizando en donde presentar la demanda de extradición de Juanito a Chihuahua, si era más conveniente presentarla aquí, donde tendrían el apoyo de los jueces estatales o si se requería presentarla en la ciudad de México, considerando la calidad de un delito federal. Después de un par de horas sin llegar a conclusión alguna, pidieron una pausa de 15 minutos para descansar, pensar e ir a los baños. Emeterio no tuvo inconveniente; estaba cambiado, hasta se podría decir amable con la gente que solo él sabía que los necesitaba urgentemente, pues reconocía el hecho perfectamente que estaba en un laberinto que pudiera no tener salida.

Emeterio aprovechó el tiempo para echarle un telefonazo a Pérez Sosa y expresarle la urgencia de platicar con Ernesto y revisar los celulares de Juanito y también el de Ernesto. El abogado debe haber contestado que luego estarían en el despacho. Porqué Emeterio solo dijo

- "Los esperamos" y colgó. Le habló a Beni y le pidió trajera agua y café a la sala de juntas y hasta le dijo

- "Por favor" No parecía el Emeterio que conocían. Al reanudar la junta, les informó del resultado de la llamada.

Cuando Pérez Sosa y Ernesto llegaron, Emeterio se acercó a la puerta a recibirlos con un apretón de manos, todos los colegas volteaban a verse, asombrados del cambio que Emeterio tenía y comenzaron a preocuparse, deduciendo que la gravedad del caso era la causa de ese giro inhabitual de Emeterio.

Pérez Sosa puso los dos teléfonos solicitados sobre la mesa y Emeterio designó a Carlos y Judith para revisarlos, tomar notas y buscar algo que pudiera ayudar en el caso, deberían trabajar a marchas forzadas y cualquier detalle que consideraran importante comentarlo con los demás miembros del despacho.

Las pláticas con Ernesto tomaron poco más de una hora, les comentó que durante el arresto había tomado un video desde el momento en que uno de los agentes le puso la pistola en la cabeza a Juanito, que luego le ordenaron bajar el maletín con el dinero y el otro agente tomó y lo puso en la cajuela y esposaron y subieron a Juanito, y que en ningún momento le quitaron la pistola de la cabeza y que por eso no pudo intervenir, aun cuando estaba armado. Bobadilla encontró el video, de pésima calidad pues no era un buen celular; sin embargo, podrían pasarlo a una computadora y aumentar la resolución. Sería la primera prueba del secuestro. Por un momento todos se relajaron, sonrieron y hasta se permitieron felicitar a Ernesto por haberlo hecho, y asegurarle que hizo bien en no intervenir pues podrían haber matado a Juanito.

Capítulo 5, Un buen ardid.

Mediante varias llamadas telefónicas, lograron saber que Juanito había sido llevado al CEFERESO No. 1 conocido como el Penal de Almoloya, a unos 25 kilómetros de Toluca, en el Estado de México. Penal de máxima seguridad de donde solo "El Chapo Guzmán" ha escapado por un túnel de unos 15 kilómetros de largo, y que contaba con aire acondicionado e iluminación. Obra de arte ingenieril realizado por mexicanos. Esta situación permitió deducir que la demanda de extradición se realizaría en Chihuahua, donde podrían tener una respuesta favorable por parte de los jueces. El Lic. Talavera fue designado para elaborar la demanda debería tenerla a primera hora del día siguiente, Irían Emeterio, Pérez Sosa y Talavera a presentarla y presionar para que se le diera un trato prioritario.

A las seis de la mañana ya estaban revisando la demanda de extradición y la cancelación del arresto porqué las evidencias presentaban pruebas irrefutables de un secuestro. Una vez aprobado y hechas un par de correcciones gramaticales que pueden ser causa de nulificación del acta, salieron del despacho y antes de las 8 de la mañana estaban a las puertas del Centro de Justicia

Penal Federal en el Estado de Chihuahua, en un edificio localizado sobre la Ave. Mirador cerca de la Calle Washington. Cuando llegó el Notario encargado de recepción de documentos, le abordaron y le conminaron a que leyera la demanda, era una bomba de tiempo pues había dos videos que aún no localizaban pero que sería un escándalo mayúsculo para la Federación si era publicado en las redes sociales, llevaban en una memoria portátil el video grabado por Ernesto y el Notario, como buen ciudadano que había cooperado con ellos anteriormente, accedió y luego pidió que lo esperaran, se lo presentaría al Juez en turno inmediatamente; luego los tres abogados fueron invitados a una audiencia urgente e inmediata. Ya con el Juez, primero preguntó si efectivamente había más videos a lo que sin dudar un momento Emeterio contestó que sí, pero que su personal ya estaba atrás de ellos, con bastante dinero para evitar su publicación.

- "Avísenme si los consiguen. Ahora déjenme solo, veré que puedo hacer inmediatamente, yo les notificaré". Salieron y le informaron al Notario que estarían esperando en el edificio; si acaso, salieran a buscar café.

Esperaron un par de horas para cuando el Notario salió a buscarlos e informarles que las gestiones del Juez fueron efectivas y que, por la tarde, Juanito regresaría a Chihuahua, pero que el arresto seguía en pie porque la transacción si se llevó a cabo, sería internado y juzgado. Habían pedido mucho y ganaron la mejor mitad del trato; ya que, en Chihuahua, sería mucho más fácil sacarlo.

Un nuevo trabajo para el Lic. Bobadilla y la Lic. Molina, deberían elaborar dos videos similares al de Ernesto; pero ellos, expertos en la creación de pruebas creíbles tardaron menos de cinco horas en tenerlos listos, Eran videos de mala calidad, pero con una verosimilitud a prueba de expertos. Llamaron al Notario para informarlo que los videos habían sido asegurados, que habían hecho una copia antes de eliminarlos de los otros celulares' sin embargo ya no podrían salir a las redes sociales.

Se habían pasado la mañana con tan solo un par de cafés; por lo tanto, se fueron a un buen restaurant a comer algo, planear la siguiente etapa del caso y a eso de las tres de la tarde regresaron al despacho, Pérez Sosa se despidió y le notificó a Emeterio que luego regresaría por si podía ayudar en algo, Emeterio contrario a su comportamiento habitual, le agradeció y le dijo que lo esperaban. Efectivamente, el licenciado regresó un par de horas más tarde, llevaba un maletín lleno de billetes, medio millón de pesos para ser exactos, le dijo a Emeterio que el Jefe estaba contento con lo logrado y ahí estaba un anticipo y que le notificaran si requerían más "para algo en especial" Emeterio dudo un momento de aceptar, pero luego pensó en el riesgo de un desaire al Jefe y, decidió por aceptar la lana. Ya pensaría como usarla lo mejor posible.

Pérez Sosa le pidió hablar en privado y; por supuesto se fueron a la oficina de Emeterio, ahí sin más preámbulos, le soltó la nueva bomba., El Jefe Bulmaro pensaba armar un comando para rescatar a Juanito tan pronto aterrizaran en Chihuahua, y le aconsejaba no estar cerca, sería peligroso. Emeterio movió la cabeza negándose a creer lo que le acababan de decir, luego; con una calma aparente dijo:

- "Es muy probable que lo lleven a Cd. Juárez, donde tienen un Cerezo de alta seguridad, pero eso no lo sabremos hasta mañana, corre y cálmalo, pronto lo sacaremos, pero tiene que dejarnos trabajar. Ellos cumplen con la extradición mandándolo al Estado de Chihuahua y es imposible saber ahorita a donde lo trasladen, mañana lo sabremos, Dile que por favor se espere". Pérez se levantó y empezó a marcar en su celular, aun cuando sabía que a Bulmaro era difícil quitarle las ideas de la cabeza aun cuando estas fueran descabelladas. Después de un buen rato, Pérez regresó un poco más calmado, había convencido a Bulmaro de esperar. Hablaron por otra media hora y Emeterio le dio ciertas instrucciones que tendrían que seguir al pie de la letra.

Acostumbrado a mandar y que sus órdenes se cumplan al pie de la letra, Bulmaro no era hombre al que le pegaran y se quedara con el golpe, tenía pensado acabar con los que habían traicionado la confianza de Juanito, les haría sufrir hasta que se arrepintieran de haber nacido, tenía los nombres ficticios y tenía las fotos que los amigos habían tomado en el Lulu's Open cuando tramaban la trampa, pronto se vengaría de una ofensa de esa magnitud. Zubiate y Labastida o como quiera que se llamen pagaran caro lo que le hicieron a Juanito.

Capítulo 6, Misión improbable.

A las ocho de la mañana siguiente, Emeterio le habló al Notario Federal quien le informó que efectivamente Juanito estaba en el Cereso de Juárez, que está localizado cerca del aeropuerto, acababa de colgar cuando llegó Pérez casualmente los dos iban listos para salir a la frontera, Apenas intercambiaron un frio saludo cuando, entró Jaime notificándole a Emeterio que la camioneta estaba lista, salieron y Pérez sacó su maleta de su auto y partieron inmediatamente, en menos de cuatro horas ya estaban frente al Cereso de Juárez.

Solamente uno de ellos podría entrar, de tal manera que Emeterio se aprestó a entrevistarse con Juanito, llevaba una lista con unas 25 notas que deseaba saber, para tener una idea de cómo plantear la defensa.

Ya en el área de visitas de los defensores, Emeterio se presentó, le notificó a Juanito que afuera estaba el Lic. Pérez Sosa y que el Sr. Guzmán le había encargado su defensa, la verdad sea expuesta, Juanito se veía angustiado, asustado y con una palidez de muerto, Emeterio le aseguró que luego le conseguiría autorización para hacer una llamada y podría confirmar todo y asegurarle a su padre estar en buenas condiciones pero que tendría que confiar en él y contestarle con la mayor precisión posible y comenzó con su lista. Casi dos horas después, Anotó un número de teléfono en el papel y le dijo a Juanito que se lo grabara, tan solo una llamada a ese celular y luego olvidar el número, no le serviría sino una vez, luego dándole el cuaderno de notas, Juanito sacó de en medio diez billetes de mil pesos que sin que alguien lo notara, metió el dinero en sus calcetines. Lo largo de la entrevista había logrado el efecto deseado de cansar al guardia y relajar la vigilancia.

Emeterio salió con unas cuatro hojas de notas, parecía satisfecho, consideraba tener suficiente material para elaborar una defensa basada en la desacreditación de los agentes, consiguió los nombres ficticios que habían utilizado y nombre de amigos de Juanito que podrían tener videos o fotos que respaldaran su defensa. Antes de salir del penal, le recordó al guardia que Juanito tenía derecho de hacer una llamada, que por favor se lo permitieran inmediatamente, no había mucho que contestar, e inmediatamente llamó a uno de los guardias a cumplir con ese encargo. Una vez fuera, Pérez notificó a Bulmaro esperar le llamada de un momento a otro en el teléfono que le acababan de llevar, que Juanito estaba bien y que se quedarían en Juárez para analizar detalles por si hubiera que aclarar algo, hacerlo antes de regresar. Colgó rápidamente para que no le fuera a hacer más preguntas.

Se encaminaron rumbo al centro de la ciudad, Emeterio comentó que tenía hambre a lo que Pérez admitió y en eso Jaime se atrevió a decir:

- "En el camino nos queda un restaurante donde preparan ricas carnitas y barbacoa, no es muy elegante; pero, está limpio"

- "Vamos" dijo Emeterio y ahí pararon, comieron como desesperados y acompañados de cervezas bien heladas, excepto Jaime que tuvo que conformarse con coca cola. Platicaron de cien cosas excepto del caso, "no fuera a haber pajaritos en los alambres" y luego se encaminaron a un buen hotel no muy lejano. Se hospedaron y se citaron en una hora para revisar los apuntes y analizar las posibilidades de armar una buena defensa. Estuvieron trabajando y Emeterio le pregunto a Pérez si conocía a alguno de los amigos que Juanito le había dado nombres y números de celulares, la respuesta fue negativa, Emeterio pensó que la Lic. Judith Molina, sería la ideal para lograr algo positivo de estos amigos; toda vez que hablaba su mismo lenguaje, aproximadamente la misma edad y además su coquetería innata le facilitaría el trabajo. Qué bueno que la integramos al equipo.

Trabajaron hasta las seis de la tarde, había varias cosas que Juanito debería aclarar, otras expandir su relato y una nueva pregunta respecto a la mercancía entregada. Decidieron aprovechar la noche y se fueron a un bar sobre la Paseo Triunfo de la Republica que tiene buena música en vivo, con ambiente semi romántico y donde las mujeres son mayoría, tomaron unos tragos y para las once de la noche se retiraron a dormir,

Iniciaba la hora de visita de abogados y ya estaban ahí, entró Emeterio y ya en la sala a solas con Juanito, le preguntó si le había hablado a su padre a lo que Juanito comentó:

- "Mejor no lo hubiera hecho, me puso como palo de gallinero, me dijo que creía que yo era listo y me había portado como un pendejo, que, desde hoy, él pensaría muy bien lo que hacer con el imperio que había construido y que, si no demostraba el valor, coraje y la inteligencia para manejarlo, lo vendería y se desaparecería"

Como si eso fuera fácil pensó Emeterio. Luego continuó Juanito - "Así que pregúnteme y dígame que tengo que hacer para salir y demostrarle a mi padre que de verdad tengo lo suficiente para seguir sus pasos". De tal manera que a Emeterio no lo quedó más que empezar los cuestionamientos, inició con la carga vendida, cuantos paquetes y de cuantos gramos cada uno, el valor pactado y saber si tenían algún plan de a dónde llevarla, y si contestó Juanito

- "Fueron diez bolsas de 250 gramos cada una, El precio pactado era de 25,000 dólares en efectivo. Y que posiblemente la llevarían a Europa".

- "Bueno" dijo Emeterio, "a partir de hoy, dirás que fueron doce paquetes de 250 gramos y el precio 20,000 dólares, será tu palabra contra la de ellos y ya veremos de asegurarnos de quien corrobore tu versión. No tengas miedo y aclárame los siguiente: Me mencionaste que una vez les diste dosis de coca y se la atizaron luego, dime, dónde, cuándo y quién más estaba presente, contesta"

Juanito le dio los datos que pedía y siguieron conversando por otra media hora, Emeterio le recomendó que se cuidara y si era necesario comprara protección, le traerían dinero cuantas veces fuera requerido. Se levantó, se despidió y se fue.

Durante el viaje de regreso, Emeterio se durmió; o por lo menos fingió dormirse hasta llegar a la caceta de Sacramento, y en tres horas de haber salido del Cereso, ya estaban llegando el despacho, Emeterio apenas si saludo y pidió a Vicky que citara a todos a la sala de juntas, si estaban con algún cliente, terminar lo más rápido posible, le pidió a Beni que trajera café y aguas. Entró a su despacho y empezó a poner sus notas en orden, de las cuales, mandó sacar dos copias extras, Bobadilla y Molina recibirían una y Talavera la otra, los demás no las necesitaban.

Poco más de media hora después ya estuvieron reunidos todos y comenzó como si fuera a darles un informe de sus gestiones del día anterior y la mañana de hoy, volvió a ser la persona amable que nunca había sido. Preguntó si alguien había tenido algún avance a lo que la Lic. Molina le informó que había contactado a dos de los amigos de Juanito, que estarían en el despacho a las cuatro de la tarde y que le aseguraron si tener fotos y hasta un video de los falsos amigos y estaban dispuestos a hacer lo que fuera para salvar a su amigo.

- "La felicito licenciada, gracias". El Lic. Talavera comentó que ya tenía los nombres reales de los dos federales, que ya tenía algunos datos y que pronto podría dar un perfil más exacto y cuál era su talón de Aquiles, posiblemente hoy mismo tendría mejores informes.

Antes de dar por terminada la junta, Emeterio agradeció a todos, los esfuerzos que estaban realizando y les aseguró que quedarían satisfechos si lograban llevar este caso a buen fin, le pidió a Talavera que se quedara y ya solos Emeterio, Pérez y Talavera, Emeterio le entregó la granada ya sin seguro, basarían su demanda de desacreditación de los agentes, basados en las fotos que tendrían en la tarde, además de pedir su salida del penal bajo fianza, sin importar el monto y también solicitar copia del Parte elaborado por los agentes al ingresar a Juanito en Almoloya, luego presentarían su versión, de doce paquete de 250 gramos al precio de 20,000 dólares, logrando sembrar la duda muy profundamente, instruirían a Ernesto y si fuera necesario le llevarían como testigo presencial, solicitando su impunidad por la cooperación con la justicia. Talavera frunció el ceño, pero, ya se estaba acostumbrando a los métodos de Emeterio. Además, su esposa e hijos, le estaban presionando por unas buenas vacaciones. Con ese pensamiento, casi sonrió para contestar

- "Tal como usted ordene". Le entregó la copia de sus notas y le pidió que las revisara y buscara algo que pudiera reforzar la demanda. Salió.

Ya solos, Pérez y Emeterio, este le pidió que fuera y comprara dos de los mejores celulares que encontrara, que los requería para cuando los amigos de Juanito llegaran,

- "La más alta calidad y mejores aplicaciones del momento, los que solamente los millonarios compran, ¿entendido?" Pérez asintió y salió del despacho.

Capítulo 7, Una pequeña lucecita.

Unos tres minutos antes de las cuatro llegaron dos jóvenes al despacho, ellos eran Edgar Talamas y Federico Sifuentes, ambo de unos 25 años y a juzgar por la maleta que llevaban a la espalda, se podría pensar en dos estudiantes. Al llegar al escritorio de recepción, se desató una gran tormenta eléctrica entre los ojos de Vicky y Federico, las sonrisas brotaron más que espontaneas, sinceras; por supuesto que no pasaron desapercibidas para Edgar que hizo un solo comentario:

- "Dos tortolitos a la pila, pero del agua bendita" luego se retiró un poco, tal vez para observar mejor, no cabía duda de que cupido acababa de ensartar dos corazones con una flecha. Vicky tardó unos tres o cuatro minutos para recuperar el aliento y su profesionalismo habitual y con un extraño tartamudeo, les pidió se anotaran en las hojas de registro de visitas, luego no preguntó sino más bien aseveró que venían con la Lic. Judith Molina a lo que Edgar contesto que así era, Federico aún estaba embelesado. Llamó a Judith y le informó de sus visitas, luego dijo gracias y colgó, les dijo a los jóvenes que la licenciada estaría con ellos en un momento,

Federico extendió su mano por arriba del escritorio y se presentó, - "Federico Sifuentes, mucho gusto señorita…"

Vicky contestó casi tímidamente:

- "Victoria Talamantes, mucho gusto," Cualquier cosa es una buena excusa para entablar conversación así que Federico comenzó por preguntarle si llevaba mucho tiempo trabajando ahí, a lo que Vicky respondió

- "Un par años, y por las noches tomo clases virtuales en administración, estoy terminando el séptimo semestre, tres más y listo"

- "Guau" expresó sinceramente Federico," además de hermosa, inteligente y estudiosa, y con esa sonrisa. podrás administrar el mundo entero" luego continuó: yo ya estoy haciendo una maestría en energías renovables, termine ingeniería eléctrica y también tres semestres más, y nos graduaremos juntos".

Pero hasta el arroz más blanco tiene prietitos, la licenciada Molina llegó y en eso Edgar se adelantó para ser el primero en hablar y regalarle a los tortolitos unos segundos adicionales, que Federico aprovecho para decirle a Vicky que, al salir de la junta,

- "Tendremos que hablar" y se volvió hacia la Lic. Molina, extendió la mano y se presentó. la licenciada se volvió hacia Vicky y le dijo:

- "Por favor avísale al Lic. Rubalcaba" y se retiraron.

Prácticamente todos los asistentes convergieron a un tiempo a la entrada de la sala de juntas y Edgar se acercó a la Lic. Molina y quedito le dijo:

- "Nosotros somos solo dos, no necesitabas traer todo el ejército" ambos sonrieron y prosiguieron a sus lugares, al fondo de la mesa los dos jóvenes, presentes el Lic. Rubalcaba, los licenciados Pérez Sosa, Talavera, Bobadilla Jurado y Molina.

Emeterio empezó:

- "Muchas gracias jóvenes por estar aquí hoy con nosotros, en breve les daré algunos pormenores para que estén totalmente enterados del caso que nos ocupa; pero primero quiero presentarles al equipo que se encarga de todos los aspectos legales"

Inició nombrando a cada uno de los licenciados, sin aclarar más. Enseguida les pidió a los dos que se presentaran. que les contaran a que se dedicaban y como habían conocido a Juanito.

El primero en hablar fue Edgar,

- "Primero que nosotros conocemos a Juan, espero que se trate del mismo que usted llama Juanito." En ese momento Pérez levantó su mano, Edgar volteó a verlo y esperó.

- "Le llamamos Juanito por recuerdo del abuelo que también era Juan, y es solo un diminutivo de cariño, pero no hay inconveniente que le llamemos Juan, es más, me gusta".

- "Ah bueno," continuó el joven, Mi nombre es Edgar Talamas, soy estudiante de maestría en el Tecnológico de Monterrey, graduado de Ingeniería Eléctrica realizando prácticas con la Comisión Reguladora de Energías, con el Gobierno del Estado, conocimos a Juan en uno de los centros nocturnos de la ciudad, concretamente el Lulu's Open que es a donde vamos los fines de semana.

Se quedó callado y tuvo que darle un codazo a Federico quien aún andaba brincando de nube en nube, agarrado de la mano de Vicky. Este despertó y no tardó en agarrar la onda, en realidad el único cambio fue el nombre, lo demás era exactamente igual que Edgar. Quedo toda la sala en silencio por un enorme montón de 30 segundos antes que Emeterio volviera a hablar.

- "En ese lugar también debieron conocer a dos amigos de Juan, Antonio Zubiate y Carlos Labastida, ¿estoy en lo correcto?

- "Si" se apresuró a contestar Edgar, "si los conocimos, muy esplendidos gastaban más lana que todos, Les gustaba pagar y dejaban muy buenas propinas" "pero no sabemos mucho de ellos, mencionaron que estaban haciendo un trabajo para una empresa de México y posiblemente durarían unos seis meses en total, que era sobre las minas de Chihuahua" "Lo que si le puedo decir que los dos son carnívoros mayores, un par de veces fuimos a cenar al American Land and Cattle y ellos ordenaban un corte de catorce onzas, mientras que a nosotros nos sobraba de uno de ocho onzas. Pero ellos, plato limpio."

Emeterio continuó,

- "Sabemos que los dos amigos alguna vez se atizaron coca y queremos saber detalles, ¿se recuerdan?" Edgar bajó la cabeza como negándose a contestar, pero luego pensó,

Estos son de la defensa, ellos sabrán como manejarlo:" y con la cabeza en alto dijo:

- "Sí, fueron un par de veces, pero debo decirles que fue Juan quien se las vendió en cien dólares cada bolsa, les aseguró que tenían para un mínimo de 14 rayas y que era de la mejor calidad, no chistaron en pagar y luego se pusieron a trabajar en sus cristales, hay varias fotos en mi celular, si quieren las busco y las vemos" ellos estaban tan ocupados que ni cuenta se dieron. Sacó el celular y se puso a buscar, no tardo en encontrar lo que buscaba y la

Lic. Molina le pidió se lo enviara a un correo electrónico y Edgar no dudo en hacerlo, la licenciada abrió su lap top y pronto encontró las fotos, luego fue hasta donde se encontraba un proyector, conecto su lap top y todos pudieron ver las fotos, 8 en total, cortando la coca, sorbiéndola y luego con los ojos cerrados y la cara al cielo y los pelos de la nariz blancos. Federico saco su teléfono e hizo lo mismo que Edgar, enviarle las fotos a la licenciada quien también las proyecto. Los tenían. O por lo menos eso pensaban todos. No había más de que hablar;

Emeterio les ofreció;

- "Señores Ingenieros: les ofrecemos esos dos celulares nuevos, lo mejor que hay actualmente y por supuesto pueden pasar de sus celulares lo que quieran, menos estas fotos, nadie debe saber que las tomaron y es muy probable que nos requieran presentar estas fotos en original, pues se muestran las fechas en que fueron tomadas.

Los dos jóvenes ingenieros no tuvieron ningún inconveniente en hacer el cambio. A la salida, Federico aprovechó un momento para invitar a Vicky a salir y ella contestó

- "Hoy no pero mañana si, háblame y nos ponemos de acuerdo".

Capítulo 8, Enciendan la luz, el show terminó, ¿Cierto?

Contrario a la costumbre de la Federación de hacer olas altas con un simple vaso de agua, este arresto lo guardaron herméticamente y no tuvo publicidad en alguno de los medios, Una semana después Emeterio y Pérez fueron a Juárez pera traer a Juanito.

Bulmaro estaba contento de que Juanito saliera, bien librado y rápido; sin embargo, él quería más, la eliminación de los registros del ingreso, borrón total del incidente y darle a Juanito un inicio limpio. Tanto el Lic. Pérez como el Lic. Rubalcaba sabían que esa sería una lucha con menos 100% de probabilidades de tener éxito. Muy probablemente los federales habrían tomado las huellas dactilares tanto de las bolsas como del maletín del dinero, y guardarían esas evidencias para un futuro.

Después de muchas discusiones de juntas presenciales con el Lic. Rubalcaba, este le mencionó que era mejor dejarle por la paz en donde estaba, existía la posibilidad de un nuevo arresto de Juanito, acusándole de 'puchador" pues había vendido droga a los falsos amigos. Esto pareció convencer a Bulmaro quien; sin embargo, pidió que le dieran todos los datos de los agentes federales, los quería por escrito y que no preguntaran más, le entregó cinco millones de pesos al Lic. Rubalcaba y lo despidió cordialmente.

- "Uf" expresó Emeterio, "solo le faltó exigirnos que pidiéramos la devolución de los dos kilos o el maletín de la lana",

Regreso al despacho y le entregó a Omar tres millones de pesos, guardando los otros dos en su maletín, con la entrega también le dio instrucciones, por esta ocasión todos en la empresa recibirían una parte de lo recaudado, el número de empleados más cuatro, y a la Lic. Molina y al Lic. Talavera dos partes a cada uno. Si incluyendo el chofer y las afanadoras, dije todos, incluyendo a los dos ingenieros. Error o acierto, cada persona involucrada aún con nula participación recibiría casi de 175,000 pesos; claro, todos contentos.

Capítulo 9, Charles Manson regresa.

El primero en tomar ventaja, tanto del bono como de la oportunidad de satisfacer los deseos familiares fue el Lic. Talavera, quien le informó al Lic. Rubalcaba que tomaría unos veinte días, que hacía un par de años venían planeando unas vacaciones por América del Sur y era tiempo, aprovechando que los muchachos están de vacaciones en la escuela; además, durante el tiempo que duró el caso de Juanito, no había tomado ningún caso nuevo para poder concentrarse en todos los aspectos a cubrir y afortunadamente salió todo bien. Emeterio en un principio renegó,

- "Cómo se te ocurre dejar el despacho por tanto tiempo, todos los días son cortos para el buen funcionamiento del despacho." A lo que el Lic. Talavera contestó con voz firme:

- "Tengo cuatro años trabajando y nunca he pedido ni medio día libre, aun cuando tuvimos enfermos y fallecimientos en la familia, y estas vacaciones me ayudarán a renovar energías y aumentar mi efectividad a mi regreso, creo que todos ganaremos con este descanso, inclusive el despacho".

- "Bueno" concedió Emeterio "pero repórtate constantemente y si hay algo urgente tendrás que regresar, ¿de acuerdo"?

- "Claro" dijo Talavera y salió del privado como alma que lo siguen diez diablos con sus trinchas calientes. Fue a platicar con el Lic. Manuel Jurado, le contó sus planes con los mínimos detalles requeridos y le pidió que, si había algún caso, lo tomara, que él también era penalista y tal vez lo pudiera desbancar en su ausencia. Esta última oración, le hizo sonreír y claro que solamente le dijo:

- "Disfruta de tus vacaciones al máximo".:

El Lic. Jurado, había aprovechado el bono para cambiar su auto por un último modelo, quedó a deber una parte, pero; con un buen enganche, cualquiera te financia el resto. En un par de años terminaría de pagarlo y siguió con sus rutinas' pero ahora recortaba un poquito más las propinas. Cuando tienes una maquinaria que engrasas constantemente, el día que dejas de hacerlo claro que rechina, esta no fue la excepción.

Una mañana Bulmaro le llamó Emeterio, quería que se encargara de sacar a uno de sus hombres, Pepito es un joven a quien pescaron esa mañana, pero el Lic. Pérez Sosa estaba fuera de la ciudad. Emeterio encargó al Lic. Jurado ocuparse de este caso, así lo hizo, solicitó el dinero acostumbrado y salió hacia la Municipal donde estaba Pepe. Llegó y se presentó con el Jefe de Barandilla y le hizo entrega del dinero, él se fue un momento a otro lado donde estuviera solo para contar el dinero y volvió. Era el encargado de liberar al reo en cuestión y le hizo saber a Jurado que

- "Por esa cantidad, el reo se quedará con nosotros un par de días más". Te veo en dos días", se dio la vuelta y dejó a Jurado sin palabras y tuvo que retirarse porque el Jefe no quizo volver a hablar con él.

Cuando regresó al despacho, se topó con nadie menos que Emeterio quien, le cuestionó de cómo había ido la gestión y Jurado tuvo que decirle que el jefe de barandilla quería aumentar la cuota, que le veían la cara de "mina de oro"

- "No se sí eso sea muy favorable, pues seguirán pidiendo más y más. Son insaciables"

– "¿Es el hombre de Guzmán", preguntó Emeterio, Jurado contestó con un poco de miedo:

- "Si" Emeterio se enderezó como si tuviera un resorte y exclamó con dos rayitas arriba:

- "Dales más, no es nuestro dinero y a ese bato tenemos que mantenerlo contento, tiene la cañuela muy corta, anda apúrate y sácalo".

Jurado regresó a la cárcel y cuando pudo hablar con el jefe, éste le dijo:

- "Esto no es el mercado para andar regateando, le bajaste un cuarenta por ciento a las cuotas anteriores, ahora te esperas, y vuelves en dos días y con un poquito más que lo anterior, si no quieres, ahorita mismo lo consigno, adiós" se dio media vuelta y se fue. Así es el egocentrismo, aun cuando el poder sea mínimo. Jurado se retiró y en lugar de regresar al despacho, se fue a un restaurante por la calle Aldama concretamente a la Plaza del Mariachi. pidió una cerveza y tacos de bistec, Estaba furioso, primero consigo mismo y luego con el jefe de barandilla que lo estaba poniendo en una situación riesgosa, ya que podría alguien pedir tiempo para un mayor interrogatorio y que conociendo a Pepe, sabía muy bien que era peligroso, joven miedoso que no aguantaría las mínimas "acciones persuasivas" de los municipales. Pepe era el quinto eslabón de la cadena de distribución, pero si le sacaban el nombre del cuarto eslabón, pronto tendrían toda la cadena hasta llegar al jefe, situación sumamente comprometedora. Con esos pensamientos, se fue a otro bar y siguió tomando y llegó, milagrosamente, a su casa pasada le media noche.

Al día siguiente, salió de su casa directamente al cajero automático y sacó un buen fajo de billetes, tendría que convencer al jefe de dejarle ir hoy mismo "es más ya". Tristemente, cuando la maquinaria empieza a rechinar, la mayor parte de las veces truena, ya tendrían tiempo los dos interlocutores de reaccionar a su error; aunque muy tarde; El Teniente Alvarado, del área de narcóticos se había llevado a Pepe a la sala de interrogatorios y ofreciéndole libertad a cambio de nombres, Pepe empezó a cantar como si fuera un ruiseñor. El teniente, conminó a Pepe a no decirle a nadie lo que a él le había dicho, tan solo que él compraba a otros puchadores y trataba de venderla con unos cuantos pesos para él. Intentaba pescar otro pez más grande y recomendó su libertad. Al regresar a los patios, pidió hablar con el jefe de barandilla y este no tuvo más remedio que darle salida. Poquito tarde y sin el dinero adicional. Las alarmas también sonaron para el jefe de Barandilla y Jurado que aún estaba por ahí, lo esperó a la puerta de salida y se lo llevó, Jurado le aconsejó no mencionar que había sido interrogado por otro agente, que volviera al trabajo normalmente.

El Teniente Alvarado, verificó en su base de datos, los dos nombres proporcionados por Pepe y encontró que tanto Joshua Sánchez como Manuel Jiménez ya habían sido clientes, fotos y datos para localizarlos y salió con otro compañero a realizar su cacería, en menos de tres horas ya traía sus dos presas y pensaba darles un trato similar entes de pasarlos por la barandilla reglamentaria, esto debido a que cuando los arrestaron, no traían droga alguna que los pudiera inculpar; por lo tanto, romper los protocolos era la única alternativa posible. Uno de los puchadores, vio cuando se llevaban a Manuel, buscó a otro de los distribuidores y le contó, este a su vez llamó a su jefe y le informó; por fin, casi dos horas después de la detención, llegó a oídos de Bulmaro que estalló en furia.

Inmediatamente caviló sobre Pepito cantando nombres, ya se encargaría de él. El Teniente Alvarado no pudo retener a sus presos por más de dos horas, sabía que un arresto en falso, le podría costar caro; los sacó del recinto.

Para cuando Jurado llegó se encontró con que no estaban detenidos ninguno de los dos que buscaba, Regresó al despacho y le informó al Lic. Rubalcaba, llamaron a Bulmaro y se lo dijeron, éste envió gente a buscarlos y los encontraron en sus centros de distribución, puestos callejeros con venta de papitas, aguas y refrescos por la calle Libertad y Quinta.

Capítulo 10, Un dálmata con una mancha más.

El viejo Lic. Rubalcava había regresado, llamó al Lic. Jurado y apenas se cerró la puerta, soltó el escopetazo,

- "Todo lo sucedido hoy me parece extremadamente raro, dime la verdad, ¿te estas escamoteando parte de las propinas"?

Jurado se puso de un rojo bermellón subido, no había necesidad de una respuesta. Emeterio solo dijo:

- "Estas despedido, agarra tus chivas y lárgate. Eres un cabrón que muerde la mano de quien te ha dado de tragar por mucho tiempo, ¡fuera!"

- "Maldito desgraciado, como si tu fueras muy honrado, me la has de pagar, lo juro"

Pasaron un par de semanas con muchos casos ordinarios, lo mismo de todos los días. Federico y Vicky ya eran novios y todos los días iba a su casa para traerla al trabajo y a las siete de la tarde la recogía, salían a cenar o tomar una copa y bailar en el Lulu's Open.

Emeterio estuvo entrevistando varios candidatos para remplazar al Lic. Jurado; claro, ninguno satisfacía sus expectativas y lógicamente, se desesperaba y hasta de gritos pegaba. Necesitaba un penalista urgentemente, Él personalmente tuvo que ir a sacar puchadores y lidiar con el trabajo que Jurado hacía, de pilón el Lic. Ernesto Talavera todavía no regresaba, en la última llamada, hacía dos semanas, les informó que iban a Cuzco, Perú y que la comunicación era muy mala, les llamaría tan pronto tuviera oportunidad. Demasiado para las pulgas y las chinches de Emeterio.

Capítulo 11, ¡Herencia! ¿Y mi parte?

Un viernes ya cerca de las seis de la tarde, llegaron dos personas que les urgía hablar con el Lic. Rubalcaba. Vicky luego de consultarlo, los hizo pasar al privado del abogado. Eran Elías y Yasmín Goldstein, dos de los hijos del recientemente fallecido Emir Goldstein, quien siendo niño había escapado de Alemania ya casi al final de la Segunda Guerra Mundial, y había hecho una gran fortuna, tenía cuarenta y cuatro casas de empeño en el Estado de Chihuahua. Comenzaron por comentarle que hoy se cumplían los cuarenta días que su padre había establecido para que se leyera su testamento, que habían acudido a la Notaría, ellos dos y sus otros dos hermanos, Aaron y Amaris y que aparentemente su padre les había heredado todo a los otros dos y "nada para nosotros, ¿cree usted que se pueda hacer algo?" Eran las siete y cuarto de la tarde, trató de hablarle a la Lic. Rosario Cruz, pero, ésta ya no contestó. Emeterio se enfureció, pero fingió demencia y con una calma aparente, les pidió que le dejaran la copia del testamento que llevaban y que los esperaba el lunes a primera hora. Salieron y ya la oficina estaba vacía, claro, era viernes y el cuerpo sabe lo que hay que hacer los viernes por la noche; y no admite escusas.

El lunes por la mañana, Emeterio llegó con la espada desenvainada, casi sin saludar, llamó a la Lic. Cruz y primero le reclamó por irse temprano, a lo que ella contestó, me fui a las siete diez, no tenía ningún pendiente y

- "Usted sabe que siempre cumplo con todas mis obligaciones"

- "Sí" contestó Emeterio, pero yo la necesitaba" Rosario solo dijo - "Discúlpeme, no lo supe". Emeterio apremió,

- "no tardan en llegar los hermanos Goldstein, estamos hablando de una de las más grandes herencias que hemos visto, iremos a la sala de juntas, trata de pensar rápido en lo que debamos saber y actúa como si lo hubieras estudiado todo el fin de semana". Entró la llamada de Vicky, ya estaban ahí.

- "Deme unos cuantos minutos, llego luego" pidió Rosario, abrió el testamento y leyó lo que necesitaba, lo demás era relleno, después garrapateo varias notas en su cuaderno y se dirigió a la sala de juntas, luego de las presentaciones, Rosario se sentó frente a los dos hermanos, y tras unas breves palabras de Emeterio, Rosario comenzó con su lista de preguntas.

- "He leído el testamento y comprendo el predicamento en que se encuentran, hay muchos pormenores que podrían ayudar a que un juez dictaminara invalidez de este documento; sin embargo, probar que es injusto y desproporcionado requiere de muchos detalles personales que no se si estarán dispuestos a compartir con nosotros para encontrar la mejor manera de ayudarles a reclamar lo justo para ustedes. Par eso necesitamos conocerlos a ustedes y a sus hermanos, ¿cómo fueron sus relaciones con su señor padre?, como se llevan ustedes con sus hermanos?, ¿a qué se dedican, qué valor consideran al total de la herencia y cuanto están reclamando como una justa repartición? Además, necesitamos saber ¿si la herencia continuará operando en la misma forma o si se ha pensado vender o traspasar alguno de los negocios? Huelga decirles que necesitaremos pruebas de lo que presentemos, tanto como fotografías, cartas, tarjetas de navidad o de fiestas de cumpleaños y otras celebraciones familiares. Ustedes dicen ¿si seguimos adelante?, es probable que podamos juntar suficientes elementos para sobreseer este injusto testamento".

- "Claro que haremos lo que usted nos indique, contestaremos sus preguntas y trataremos de conseguir las pruebas que necesite" se apresuró a decir Elías, Yasmín solamente asintió con la cabeza.

- "Bueno" continuo Rosario, ¿Cómo eran sus relaciones con su padre, y con sus hermanos?

Yasmín se apresuró a contestar:

- "Mi madre murió hace diez años a causa de un cáncer que no se pudo erradicar, desde entonces nuestras relaciones fueron muy familiares, los cinco íbamos juntos a la Sinagoga, con absoluto respeto y cariño, todos los domingos nos juntábamos a comer juntos, a mi padre le encantaba el vino Recanati que se elabora en Judea y aun cuando sale caro conseguirlo, se lo comprobamos por caja para que no le faltara. Tanto Amaris como yo fuimos adiestradas en cocinar los platos originales de Israel como el gefite, pescado relleno de mariscos, el favorito de Abba, le encantaban los garbanzos lampreados y fritos y no podía faltar un halva con mucha miel y vainilla, delicioso, mi hermana y yo siempre cocinamos para la familia especialmente para el Sabbath". Claro que mis hermanos convivían más con él, ya que le ayudaban en el negocio, Elías es licenciado en administración y Amaris se licenció en finanzas y fue la que propuso la expansión a nivel estatal. Mientras que Aaron es ingeniero y tiene una empresa que fabrica hélices para la producción de energía eólica y yo soy cardióloga y además de mi consultorio particular, trabajo en un hospital de la ciudad".

Rosario interrumpió,

- "Después del desafortunado fallecimiento de su señor padre, ¿Cómo siguieron sus relaciones entre hermanos?" Yasmín continuó:

- "Abba vivía en su casa y durante el día Chonita lo atendía y claro nosotros todos los visitábamos a diario, algunas veces faltaba alguno, pero nunca estaba solo por las tardes y como le gustaba jugar backgammon, lo hacíamos y por supuesto le dejábamos ganar, no hemos dejado ir a Chonita, es una mujer de unos setenta años, que ha estado en la casa por más de veinticinco años, a raíz de quedar viuda, sin hijos o familia, entró a trabajar con nosotros, y unas dos o tres veces por semana nos juntamos en la casa de Abba para jugar, seguimos llorando y rogando a Ala por su bondad hacia Abba". "por lo tanto, yo consideraría que nuestras relaciones siguen siendo muy buenas, aun cuando no se sí cuando se enteren de lo que estamos tratando, su actitud vaya a cambiar"

Emeterio que hasta entonces había guardado absoluto silencio propuso:

- "Hemos estado trabajando por tres horas, propongo un descanso de unos quince minutos y si desean tomar un café, agua o refresco, con mucho gusto" Elías y Yasmín, casi al unísono contestaron

- "café" todos rieron y Emeterio se retiró, de su despacho le pidió a Beni café pero bien cargado para los clientes en la sala de juntas, aguas y refrescos. Por supuesto, Beni puso dos tantos y medio de café en la cafetera y solo tres cuartos de agua, saldría cargado, lo alistó y lo llevó a la sala de juntas, con una sonrisa al servirlo, les dijo:

- "Espero que este cafecito sea de su agrado", el aroma llenaba la sala y se olía delicioso. Ni Elías ni Yasmín quisieron leche o azúcar, y solo esperaron un par de minutos para saborearlo y Elías comentó:

- "El mejor café que he tomado en muchos años, gracias"
Yasmín a su vez solo dijo:

- "Delicioso, gracias".

La Lic. Cruz, apenas pasados los quince minutos, continuó:

- 'Yo sé que ustedes tienen otras obligaciones y quisiera también notificarles los siguiente; tenemos que elaborar un oficio, ante el Tribunal de Legalización, notificando que Ustedes desean impugnar el testamento, solicitar el tiempo para reunir los elementos y pruebas que respalden esta petición, Sin embargo; antes de elaborar ese oficio, debo hacerles la siguiente pregunta que deseo razonen antes de contestar y uno de ustedes deberá salir de la sala hasta recibir la primera contestación y luego el otro saldrá para poder escuchar las dos versiones, esto es la base de la impugnación y debemos ser sumamente cautelosos, ¿estamos de acuerdo?"

Ambos hermanos asintieron y dijo:

- "La pregunta es: ¿Cómo reaccionaron sus hermanos al final de la lectura del testamento y saber que ellos habían sido nombrados herederos únicos?" "¿Quién contesta primero?

Elías se levantó y comenzó a caminar hacia la puerta en absoluto silencio.

Yasmín, qué durante las primeras tres horas había estado sentada rectamente, sin recargar la espalda al respaldo de la silla, subió un codo al escritorio y la mano al mentón, cavilando sobre lo que su respuesta representaba, ¡declarar la guerra a sus hermanos!, se llevaba muy bien con Aaron, su esposa y sus dos hijos, también con Amaris, su esposo y sus tres hijas, luego pensó en su esposo, también judío y cardiólogo, su dos hijos a quienes deseaba darles la mejor educación posible y lo que la herencia podría representar para el futuro de ellos.

Tenía una buena profesión, lucrativa y su padre le había costeado toda la carrera, oportunidad de estudiar dos años en Houston, un año en la universidad de La Habana, su marido también estaba ganando una buena reputación como cardiólogo y aunque no eran millonarios, podrían lograr sacar sus hijos adelante con una buena educación y siguiendo su vocación de cada uno. Sus hijos, los más pequeño nietos, eran sin duda los preferidos de su Abba, cariñosos en extremo, pero sumamente respetuosos, además interesados en aprender Hebreo que al abuelo le encantaba enseñarles, lo únicos de los ocho nietos que deseaban perpetuar las tradiciones milenarias. Dudó por unos minutos si valía la pena el pleito con sus hermanos y le animaba pelear por la injusticia contra sus hijos, los favoritos del abuelo.

Con una incertidumbre, inconsistente con su profesión y apelando a sus creencias religiosas, decidió lo que tenía que decir:

- "Claro que se pusieron muy contentos, Aaron casi de inmediato se dirigió a la salida, pero Amaris se me acercó y me dijo": "Es la decisión de Abba y deberemos obedecerla, pero tú sabes que cuentas conmigo para todo lo que necesites o quieras". "Sinceramente creo que deberemos dialogar con nuestros hermanos antes de proseguir".

Si de repente hubiera visto una víbora de cascabel sobre la mesa, no habría brincado tan rápido, había realizado un poco de investigación y la herencia pasaba de los trescientos millones de pesos, que, de recuperar la mitad para sus clientes, les representaba unos 45 millones considerando sus honorarios al 30% de lo ganado.

- "Sra. Yasmín", dijo Emeterio, "Si sus hermanos estuvieran dispuestos a compartir la herencia con ustedes, se lo habrían hecho saber al notario, y usted nos acaba de mencionar que salieron muy contentos y tal vez Aaron se salió para pegar un grito de felicidad, y si le ponen presión al Tribunal de Legalización este puede dictaminar la ejecución inmediata, la toma de posesión, y la legalización de los bienes raíces que luego ustedes no podrán legalmente recuperar nada" Yasmín con mucha tranquilidad simplemente contestó:

- "Mañana en la noche nos juntaremos las cuatro familias a cenar en la casa de Abba y ahí lo trataremos y el jueves por la mañana tendrá mi decisión al respecto".

Se levantó para encaminarse a la salida, en ese momento Rosario le conminó

- "Por favor no hable con su hermano en este momento, debemos oír su versión sin influencias, luego nos reuniremos de nuevo y ambos sabrán las respuestas del otro, por favor, Señora"; Yasmín solo movió la cabeza en forma afirmativa y salió, junto a ella salió Rosario que invitó a Elías a pasar.

Elías entró, se sentó y comenzó con voz pausada, midiendo y pesando cada palabra, se le notaba cierta ansiedad.

- "He estado pensando que esta acción legal, podría ser el único camino, para lograr algo de la herencia de mi padre; sin embargo, fuimos educados en una religión donde la voluntad del padre se debe respetar aun cuando nos cueste la vida y, por lo tanto, pásenme la factura por el tiempo que les hemos tomado, con gusto les pagaremos y les quedamos muy agradecidos de sus atenciones y consejos".

Otro valde de agua helada (sin ser entrenador que gana) para Emeterio; pero antes de que él contestara, la Lic. Cruz se le adelantó.

- "Sr. Elías, Respetamos su forma de pensar, pero Permítame aclararle que impugnar un testamento no es faltar a la voluntad de este, sino buscar una repartición más ecuánime; sobre todo, porque siempre estuvieron juntos, amándose, tratándose con respeto y cariño. Y hay muchas veces que los padres consideran dejarles a los que más lo necesitan; sin embargo, por lo que he oído, ninguno de las cuatro familias está en una necesidad absoluta de la herencia y una mejor división podría ayudar a mejorar, si eso es posible, las relaciones entre todos ustedes. Por favor solo piénselo". Se levantó, fue a la puerta e invitó a Yasmín a pasar,

Ya sentados todos, transcurrió un largo minuto; como de noventa segundos, de absoluto silencio. Rosario le dio un martillazo al silencio con un:

- "Muy bien Señores Goldstein, he quedado gratamente impresionada por la integridad que muestran para su religión y el mayor de los valores humanos que es el respeto hacia los padres y sus deseos. Debo de comentarles que el Sr. Elías no quiere seguir adelante con la impugnación por respeto a lo expresado por su padre en el testamento, y la Sra. Yasmín desea platicar con sus hermanos por si ellos quisieran repartir más equitativamente la herencia. En el primer caso no hay más por hacer, pero en el caso de que sus hermanos estuvieran dispuestos a compartir los bienes, se deberá seguir un proceso legal que forzosamente inicia con la impugnación, tienen ustedes hasta el jueves por la mañana para parar o proseguir. Muchas gracias por su confianza, estaremos para servirles".

Después que los Goldstein se retiraron, Emeterio hablo con Rosario:

- "No los dejes negarse a seguir el proceso, nos va mucho y más a ti".

El jueves por la mañana Elías le llamó a la Lic. Cruz y le informó que no seguirían con el proceso legal:

- "Hemos llegado a un acuerdo que propuso Aaron y respaldado por Amaris, primero respetar la voluntad de nuestro padre, pero, que él no indicó como repartir el producto que los negocios dejen; por lo tanto, el dinero que sigan generando los negocios se repartirá entre los cuatro, muchas gracias por todo".

Con un paso para adelante y dos para atrás, Rosario se dirigió al privado de Emeterio para darle la mala noticia. Al saberla, le brotó la rabia,

- "Eres una imbécil, has perdido a los mejores clientes que hemos tenido, podríamos haber ganado cincuenta millones de pesos, pero no, los dejaste escapar como si fueras una principiante, sabes qué, agarra tus cosas y lárgate, ¡estás despedida! y ya me encargaré de quemarte con los demás colegas, fuera".

Rosario salió balbuceando:

- "Maldito imbécil, algún día pagarás por ser un ególatra, tu ambición te hará caer al fondo, y qué no se te ocurra cumplir tu amenaza". Por qué yo si te prometo cobrármelas.

Claro que con su furia latiendo fuerte, habló con los notarios con los que hacía negocio y les dio las peores referencias sobre la Lic. Cruz, Estaba quemada. Él había destilado su veneno.

Capítulo 12, Sueño de grandeza de buena intención.

Un hombre de unos sesenta años llegó al despacho una mañana, su nombre Rubén Aguilera, había hecho mucho dinero con los bienes y raíces, sus buenas relaciones con los bancos ayudaban mucho, ya que de estos recibía información sobre los clientes morosos en el pago de las hipotecas; principalmente, cuando ya estaban por tramitar la reposesión de las casas, algunas con valores de tres a cuatro millones de pesos, pero que debían unos cien mil por cuatro o cinco meses de falta de pago y con una hipoteca por vencer de menos del millón de pesos.

Aguilera los visitaba y les ofrecía alrededor del cuarenta por ciento del valor de la casa, adquiriría la deuda remanente y les quedaría cambio para empezar de nuevo, muchos aceptaban porque sabían que los abogados de los bancos tan solo los desalojarían sin darles nada a cambio. Así se hizo de muchas casas buenas que tenía rentadas y algunas que empezaban a dar problemas las ponía a la venta. Por supuesto tenía un abogado que se encargaba de los aspectos legales; sin embargo, acababa de tener un fatal accidente sobre la carretera a Juárez y necesitaba un nuevo abogado. Le llevaba dos casos en los que requería recuperar las casas por falta de pago.

En el primer caso, Herminio y Melisa Barragán habían comprado su casa cuatro años atrás, de unos cinco millones de pesos y aún debía poquito menos de uno y tenían cinco meses sin pagar la hipoteca, un total de cien mil pesos. Hacía seis meses, su hijo de 19 años tuvo un accidente automovilístico que dejó dos autos nuevos, listos para la chatarra. Ese accidente les costó más de setecientos mil pesos que tuvieron que pagar urgentemente si no querían que el hijo terminara en la cárcel, aún no acababan y además estaban pagando intereses. Emeterio redacto los oficios y en un mes, casi con uso de fuerza, los desalojó, llorando y frustrados maldecían al abogado que los trató tan despiadadamente.

El otro caso era similar, Emilio y Estela Gamboa, vecinos de los Barragán, tenían cinco años pagando una casa de seis millones, aún debían casi dos, pero ocho meses atrás, su hijita de tan solo siete años se subió por una escalera que había dejado el hombre que vino a revisar los aparatos del aire acondicionado, luego salió a comprar partes, sin tomar la precaución de bajar la escalera. Es realmente raro si lo hacen. El caso es que la niña subió al techo y se cayó, su cuerpecito pegó en la banqueta y su cabecita en el pasto, varias costillas rotas, los dos brazos y los tobillos y lo peor, nadie se dio cuenta sino hasta una media hora después, En el techo encontraron su muñeca por lo que dedujeron lo sucedido. Llegó la ambulancia y se la llevaron. Estaba viva, pero el pronóstico era reservado, habrían de realizar varias cirugías y quedarse en el hospital por lo menos tres meses. Eran dueños de un pequeño restaurant – bar a un costado del periférico de la Juventud, ganaban bien, pero esto les exigiría muchísimo más de sus posibilidades económicas. Se pasaban los días y las noches en el hospital, y sus amabilísimos empleados les empezaron a ayudar a bien morir, bien dice el dicho "cuando el gato no está en casa, los ratones se mangonean". Un mes después, la visita de Emeterio, a quien le pidieron tiempo para vender la casa, pagar toda la hipoteca y cambiarse, el licenciado no les concedió ni un día. Quedaron obligados a irse a vivir a la casa de la mamá de Estela, por Las Granjas al norte de la ciudad.

Poco después de la recuperación de las casas, Aguilera se presentó en el despacho, tenía pensado adquirir una treinta hectáreas de terreno ubicadas al lado sur de la carretera Chihuahua – Ojinaga, que al sur colindan con el Rio Sacramento, planeaba hacer un super fraccionamiento con tan solo unas sesenta casas, de esas que cuestan entre quince y veinte millones de pesos, con áreas recreativas, casa club, alberca comunal, y área para las fiestas familiares con cupo de hasta 250 personas, entrada restringida y vigilancia constante.

- "Ya tengo los nombres de los tres propietarios, los tres son gente mayor, creo que podremos convencerlos de vender a buen precio; sobre todo, porque hasta ahorita nomás les cuesta pagar el predial sin beneficio alguno, tengo unos treinta millones de pesos, he vendido muchas propiedades para realizar este gran proyecto.

- ¿" Qué dice abogado ¿le entra al juego? Mucha lana nos está esperando".

- "Claro que le entro, pero tendrá que guardarme mi parcela para mi casita".

- "Seguro" dijo Aguilar "además tendrá que ser a costo", "dos aleznas no se pican".

- "Empezaré a trabajar desde hoy, voy a ir al Registro Público de la Propiedad para investigar los tamaños exactos, las colindancias, los costos del predial y verificar los nombres de los propietarios y sus direcciones, tal vez

me tome un par de días, yo le llamo tan pronto esté listo"
Se despidieron cordialmente.

Emeterio llamo a Elvira, su secretaria y le informó a donde iban y lo que tenían que hacer, por supuesto, Elvira ya algo enamorada, le dio gusto salirse del despacho y sobre todo con Emeterio, tal vez pasase algo bueno.

Trabajaron sin descanso y unos cuantos minutos antes de las tres de la tarde, hora en que cierran las oficinas, ya tenían todos los datos necesarios, las buenas propinas por adelantado hacen milagros y esta no fue la excepción. Salieron y se fueron a La Plaza del Mariachi por la calle Aldama, a comer. Comida, un par de cervezas y dos tequilas después, se fueron a un motel al norte de la ciudad a pasar el resto de la tarde. Cerca de las siete, Emeterio dejó a Elvira para que tomara su carro y se fuera a casa, él entró al despacho y le llamó al señor Aguilera,

- "Nos vemos mañana temprano, ya tengo lo que necesitamos"

Dos de los propietarios Vivian en Chihuahua por lo que decidieron visitarlos primero, uno de ellos en la Colonia

Obrera y el otro en la Pacifico, Llegaron con el primero, de nombre Hilario Campos, viudo que vivía con sus dos hijas solteronas que trabajaban en la limpieza de casas. Se presentaron y preguntaron si era el dueño de un terreno cerca de Tabalaopa y él contestó afirmativamente, le preguntaron si tendría interese en venderlo a muy buen precio y de nuevo asintió,

- "¿Cuánto quiere por ese terrenito? Preguntó Emeterio,

- "Bueno" dijo Don Hilario, hombre de unos setenta años, "yo creo que vale unos veinte millones de pesos".
Aguilera sonrió y le hizo señas a Emeterio para aceptar la oferta. Emeterio con mucha cautela y toda la desfachatez del mundo, dijo:

- "Es un poco alto porque no tiene agua, drenaje ni luz eléctrica, pero si le ofrezco 18 millones en efectivo y mañana podemos cerrar el trato, con ese dinero puede hacer milagros usted".

A Don Hilario por poco le da un infarto, se levantó y alzo los brazos al cielo, y dijo:

- "Por fin podré tener una vejez sin preocupaciones, trato hecho". Extendió su mano primero hacia Emeterio y luego al Sr, Aguilera. Le dejaron una tarjeta y:

– "Lo esperamos a las nueve de la mañana para hacer los papeles necesarios, y si quiere mañana mismo le daremos un adelanto, ¿tiene usted alguna cuenta de banco? A lo que contestó

- "Solo la de Bienestar, pero ahí se puede depositar también" "Nos vemos mañana" Salieron, iban felices, el precio mínimo de compra pensado era de mil pesos metro cuadrado y habían comprado a 200.00 metro cuadrado. 9 hectáreas en total.

Se fueron a la Pacífico, pero el señor había salido, no sabían a qué horas regresaría pues se había ido al Seguro Social a que lo viera un médico, le dejaron una tarjeta y que por favor le dijeran que regresarían mañana como a las once, que por favor los esperara. Salieron y se fueron al despacho, por primera vez, a Emeterio le entró una rabia para consigo mismo, había corrido a la Lic. Cruz que era la experta en estos casos de bienes raíces, elaboración de contratos de compraventa de terrenos o bienes inmuebles, pensó para sí mismo "Eres un imbécil Emeterio ahora a ver cómo te las arreglas", hasta llegó a pensar en hablarle a la licenciada, pero, su orgullo le hizo desistir de esta idea.

Al llegar al despacho le llamó al Lic. Bobadilla para que elaborara el contrato, le dio los datos del registro, el nombre y dirección de Don Hilario y el monto del trato.

- "Y lo quiero hoy mismo" puntualizó Emeterio.

- "Pero ¿quién es el comprador?" Pregunto Bobadilla y Emeterio pensó que tenían que formar una sociedad anónima para las responsabilidades legales, le dijo a Bobadilla que luego le pasaba el nombre, salió Carlos, y Emeterio llamó a Aguilera y le dijo del requisito que tendrían que cubrir hoy mismo, tanto para la legalidad como para evitar problemas legales en forma personal.

- "Vamos a crear una empresa, se va a llamar "Residencias del Sacramento" Ay voy para firmar los documentos y tendremos que presentarlos hoy mismo" Llamó a Elvira para que investigara los requisitos para registrar la nueva empresa y ella pronto regresó y le informó al Lic. Rubalcaba de la existencia del sistema del Registro Público de Comercio de la Secretaría de Economía, donde el registro era en línea y se podía llenar electrónicamente,

- "Fantástico" contestó Emeterio, "luego te llamo para los detalles" ya más tranquilo espero a que Rubén Aguilera llegara. No sin antes encargarle a Elvira que tratara de investigar la nomenclatura del negocio a registrar y le dio los datos del terreno de Don Hilario. Misión de dolor de cabeza seguro.

Empezaron a llenar el formato de registro, lo mejor que pudo hacer Elvira fue llegar a decir: "Kilometro 4.5 Carretera a Ojinaga" y se le dio esa dirección legal, por lo demás, el contrato fue redactado muy correctamente, ya era buen negocio, no necesitaban negros argumentos de letra chiquita. Llegó Aguilera y proporcionó sus datos personales para terminar de registrar la empresa y todo mundo contento.

Temprano llegó Don Hilario, le ofrecieron café y galletas que degustó mientras esperaba, le tenían cien mil pesos en efectivo, y después de firmar el contrato le preguntaron por su banco, solamente el de Bienestar, por lo cual, Emeterio llamó a Elvira que acompañara a Don Hilario al banco que le quedara más cerca de su casa, este fue HSBC localizado en la Ocampo y Veinte de Noviembre y ahí los llevó Jaime. Elvira pidió hablar con el gerente y le explicó del negocio, claro que todas las facilidades para abrir la cuenta inclusive entrenaron a Don Hilario en el cajero automático, el hombre solamente pidió qué, si le podían dar unos tres mil pesos para llevar a su casa, claro que se los dieron y hasta le ofrecieron más, se llevó cinco mil. Luego lo llevaron a su casa, Elvira sentía una cierta ternura por ese hombre, le dio el número de su celular y le ofreció que

- "Siempre que se le ofrezca algo, hábleme y con mucho gusto le ayudaré".

Emeterio y Aguilera se fueron a buscar al Sr. Maximino Ortega, quien vivía en la Col. Pacífico, hombre de 75 años, maltratado por la vida, la mala alimentación estaba haciendo estragos en su salud. Al llegar Emeterio atacó por la parte más débil del hombre, su salud.

- "Usted es el dueño de un terreno cerca de la carretera a Aldama, cerca de la carretera que entronca el Boulevard Juan Pablo II con la carretera a Aldama ¿correcto? le ofrecemos comprárselo con dinero en efectivo, no tendrá que volver al Seguro, donde no curan nada, podrá visitar a los mejores médicos del mundo y recuperar su salud, usted merece una vida mejor, y nosotros estamos dispuestos a pagarle quince millones de pesos, hoy mismo podríamos darle unos cien mil pesos para que pueda pagar doctores y medicinas.

- "Yo creo que vale mucho más, y queda a unos seiscientos metros de esa carretera que dice, y como ese terreno tiene un valor sentimental para mí porque mi padre me lo dejó al morir, jamás había pensado en venderlo."

- "Bueno" contestó Emeterio, "considerando ese valor sentimental, le daremos 18 millones, "¿Creo que bien podría usar ese dinero para su bienestar"? El hombre quedó en silencio por un minuto de cuarenta segundos. contestó

- "Ta bueno, si les vendo, y si saben quién me puede curar de la maldita artritis que padezco, ¿se los agradeceré"? Emeterio pregunto:

- "¿Está su esposa en casa? Tendrán que venir los dos para cerrar el trato hoy mismo, y ahí le enviaremos con el mejor médico de la ciudad". Maximino pegó un grito:

- "Domitila ven acá" al momento apareció la mujer que también necesitaba atención médica, puros huesitos recubiertos de piel arrugada. Salieron los cuatro y se dirigieron al despacho, Emeterio habló a la oficina, que Bobadilla estuviera esperando en la sala de juntas para redactar otro contrato. A 200.00 pesos el metro cuadrado, no estaba mal, inclusive se sentía como el salvador de esta pareja, les daría dinero para que recibieran la atención que les urgía. Robo en la casa ajena, el precio promedio de los terrenos en Chihuahua anda por los 1,200.00; sin embargo, los bandidos saben aprovecharse en cuanto ven la oportunidad.

Les darían más dinero si lo necesitaran, y el resto tan pronto estuvieran listas las escrituras. Que podrían tardar de entre quince y veinte días.

- "Nosotros les avisaremos para que vengan a firmar y se traen una carrucha para cargar el dinero, no, es una broma, se los depositaremos en el banco.

Capítulo 13, Miel o hiel, pruébenla.

Con esos dos trinquetes amarrados, comenzaron a planear el proyecto completo, contrataron una de las mejores firmas de arquitectos de la ciudad, mandaron construir una oficina al estilo americano, piso firme con los drenajes y suministro de agua y paredes de concreto vaciado en moldes, una hermosa oficina,

Solo les restaba visitar al tercer propietario quien vivía en Aldama, su nombre Fulgencio Sánchez, hombre de setenta y dos años, de complexión robusta, vivía en un ranchito cerca de Aldama, una casa grande, con todas las comodidades posibles, a la puerta una camioneta de muy reciente modelo, Emeterio hizo el comentario:

- "Aquí no hay necesidad alguna, a ver si no se pone marrusco este viejo". Vieron que había mucha gente trabajando, unos aplanaban la entrada con un pisón a gasolina que parecía pavimento café, a un costado de la casa estaban poniendo cerámica a lo qué seguramente sería un chapoteadero, atrás de la casa había una especie de departamentos, cuatro en total, recién pintados y mujeres plantando flores al frente. Mucho más atrás, estaban los corrales, había unas cuantas vacas en uno y en el otro, varios caballos, todos los animales gordos, bien comidos.

Se estacionaron fuera del redondel que estaban "pavimentando", y rodeándolo, se encaminaron a la puerta principal de la casa, no habían llegado cuando un hombre, muy bien vestido, con pantalón de mezclilla que parecía nuevo, tejana Stetson y botas vaqueras finas, les preguntó:

- "¿Qué buscan por aquí señores? A Emeterio casi se le caen los pantalones, no tuvo duda de que este era el hombre que buscaban y estaba seguro sería un hueso demasiado duro para roer.

- "A Don Fulgencio Sánchez que si no me equivoco debe ser usted"

- "Si señor yo soy, dígame para que soy bueno"

- "Queremos platicar con usted a cerca del terreno que tiene cerca de Chihuahua, junto a la carretera que viene para acá".

- "Pos no hay mucho de qué hablar, no pienso venderlo, este terrene lo ganó mi bisabuelo cuando junto con Don Joaquín Terrazas peleó en la batalla de Tres Castillos, cuando acabaron con los apaches, Don Luis terrazas les repartió estas tierras a él y otros compañeros de mi bisabuelo, esto por la bravura que mostraron en la refriega".

- "Pero ahorita solo está pagando impuestos sin ningún beneficio, yo creo que le vendrían bien algunos milloncitos con los que podría ampliar este precioso rancho" argumento Emeterio.

- "Pos tal vez sí, pero no creo, mire Dios me bendijo con cuatro hijos que muy jóvenes se fueron pal otro lado, trabajaron muy duro y siempre nos mandaban dinero para que mi vieja y yo pudiéramos vivir bien, luego cuando mi cuñada quedó viuda, nos la trajimos a vivir aquí y su hijo se fue también pa allá.

Y como será la suerte, compraron un terrenito cerca de Odessa y cuando perforaban buscando agua, encontraron petróleo, de esto hace más de diez años y el pozo sigue produciendo y deja muy buena lana. Y mire, estamos arreglando el rancho porque la semana que entra, vienen las cuatro familias a pasarse unas vacaciones con nosotros, hasta estoy haciendo una alberquita para mis cinco nietos". Luego de una pausa, continuó: "De manera señores que no hay trato, que tengan un buen día". Emeterio volvió a la carga,

- "Piénselo Don Fulgencio a lo mejor es hora de regresarles a sus hijos lo que le han dado y todos felices".

- "Pos no hay mucho que pensar, lo platicaré con mis hijos, pero no les prometo nada". Se retiraron cabizbajos y pensativos, iban ganando el partido dos carreras a cero y les conectan dos jonrones y con casa llena los dos, de pilón en la octava entrada.

La promoción de preventa ya había comenzado, tenían las paredes de la oficina tapizadas con dibujos de las casas más espectaculares, un plano del terreno en el cual había y varios con la banderita de "vendido" aunque no fuera cierto, pero esa estrategia de venta les funcionaba bien. A las cuatro semanas ya tenían tratadas unas veinticinco casas de las cuales solicitaban seis millones de anticipo, para el resto les darían diez años mediante otro pago de tres millones al iniciar la construcción. Muchos de los dibujos eran copias de casas de Hollywood y de la Florida, claro con pequeñas modificaciones y cambios de colores que: claro que las mujeres se enamoraban de las casas, escogían un diseño y hasta pedían que fuera exclusivo de ella, ninguna otra casa debería ser igual y claro, con otros dos o tres millones le aseguraban la exclusividad de diseño y le presentaban alternativas de colores y si acaso alguna modificación pequeña al interior.

Habían comenzado a limpiar el terreno del oeste, pero avanzaban muy poco a poco, no querían acercarse totalmente al terreno de Don Fulgencio, paso la semana y la gente se había vuelto loca por el nuevo fraccionamiento, esa semana otras ocho preventas para un total de 33 clientes 210 millones de pesos, y lo mejor, hasta ese momento solo habían desembolsado menos de cinco millones de pesos.

Ese fin de semana Aguilera y Emeterio se la pasaron en la oficina del fraccionamiento, cerrando preventas y convenciendo a la gente que no habría en todo Chihuahua mejor lugar para vivir, además habían contratado los mejores vendedores do todas las agencias, otros tres contratos más.

El lunes temprano salieron rumbo a Aldama, al llegar al rancho de Don Fulgencio, quedaron impresionados de ver cuatro camionetas último modelo todas BMW, las de lujo. De cualquier manera, llegaron hasta la casa, tocaron y salió una señora que les informó que estaban todos desayunando, que se esperaran y sin más se metió, se sentaron en las bancas del porche y esperaron una media hora para cuando Don Fulgencio y sus hijos salieron.

- "Tal como les había dicho, no vendemos ni un pedacito de la tierra de mi bisabuelo, a lo mejor cuando mis hijos quieran retirarse, ahí construiremos nuestras casas; ya se los había dicho así que echaron el viaje en balde".

- "Le ofrecemos ocho millones de dólares por la tierra, piénsenlo por favor". En eso el hijo que parecía el mayor, contestó:

- "Ya mi papá les dijo que no, señores por favor no insistan y dejen de molestarlo".

Salieron del rancho con el ceño fruncido, los dos de mal humor y viendo que su castillo en el aire iba a tocar tierra de la manera más estruendosa.

Con un nerviosismo patético, ya sobre la carretera de regreso, Aguilera comentó:

- "Al suelo este gran proyecto, pensaba que tendríamos ventas por mil millones, pero no hay forma de cumplir con todo lo ofrecido, yo había pensado construir el salón de eventos del otro lado del rio, con unos hermosos puentes sin acceso a los carros, igualmente la alberca comunal y las canchas de tenis. Yo creo que lo mejor es cancelar las ventas, devolver los anticipos y construir en los dos terrenos casitas más sencillas, de cuatro a cinco millones, muchísimo más trabajo y mucho menos dinero".

Emeterio iba en silencio, pensando como fregar al viejo, tal vez con el cambio de punto de vista actual, al ver la Batalla de Tres Castillos como una masacre infrahumana, lograra la invalidez y desconocimiento de la donación hecha por Luis Terrazas.

Aguilera se quedó en las oficinas del fraccionamiento, tenía que pensar los cambios que tendría que hacer, estimar los costos y hacer las cuentas para ver si el negocio con este giro aún era rentable o no. Era jueves por la tarde, revisó la cuenta del banco de la empresa, tenían un saldo de 245 millones de pesos, incluida parte de su primera aportación para abrir las cuentas en tres bancos diferentes, uno a nombre del Fraccionamiento Residencias del Sacramento y las otras dos a su nombre, por supuesto repartía todos los ingresos en los tres bancos. Revisó la lista de los clientes que ya habían hecho algún depósito: licenciados, dueños de empresas. Un par de ganaderos, el dueño de la nogalera más extensa del estado, dos ex gobernadores del estado y dos gringos a quienes les tomaron los dólares a 15 pesos por dólar; estaba claro, en un gran problema. Sin los anticipos fuertes, podría edificar unas cinco o seis casas, el tiempo para venderlas, arreglar financiamientos y sin poder comprar a gran escala materiales, tardaría diez años para terminar construcción y venta.

Debía salir de esa situación lo mejor y más rápido posible, se pasó la mitad de la noche pensando, cavilando, calculando y la otra mitad, planeando. Ni siquiera se acostó. Un baño y a trabajar.

Capítulo 14, El gran fraude.

El miércoles por la mañana se presentó Aguilera en la oficina del fraccionamiento, había que acelerar la limpia del terreno, y por este fin de semana, la promoción especial de tan solo cinco millones de anticipo,

- "Todo mundo a trabajar, estaré aquí para cualquier cosa que me necesiten" Se trajeron la moto conformadora a lo que parecía ser una de las entradas al fraccionamiento, empezaron a limpiar, claro que Aguilera ordenó regar el terreno para tener el menor polvo posible, una imagen invitadora. El viernes solamente dos contratos, el sábado igual, dos, pero el domingo para las cinco de la tarde cuatro más, total 40 millones más, Recogió los cheques. Toda la semana se trabajó normalmente, un par de preventas más.

El lunes siguiente fue a los tres bancos y solicitó cheques de caja por dos millones y medio de euros, los gerentes, todos ellos sabían muy bien lo que Aguilera les había contado de las Residencias del Sacramento les aclaró que era el anticipo para los mármoles que utilizarían en las casas.

- "No hay problema", se los dieron.

- "Voy a ir a Italia para verificar calidades y colores, estaré fuera unos ocho días, salgo el viernes",

- "Que tenga muy buen viaje" le desearon,

- "Además voy a necesitar unos quince mil dólares en efectivo para el viaje, uno nunca sabe que puede encontrar y no me gustan las tarjetas", "Se los tengo para el miércoles, ¿está bien?

- "Sí claro, por aquí paso a recogerlos".

Emeterio por su parte se había enfrascado en buscar alguna forma legal de darle en la torre a Fulgencio, le habló al Lic. Talavera para ver si algo similar se había solicitado con anterioridad y este se comprometió a buscar en las jurisprudencias de todo México, se llegó el jueves y no tenían la mínima opción, Fulgencio había cubierto los requisitos para que hoy el registro del terreno estuviera a su nombre y el de sus cuatro hijos, siempre había pagado el predial a tiempo. Callejón sin salida. El viernes se ocupó en contactar lo historiadores que habían publicado que la aniquilación se los Apaches había sido una acción denigrante de un gobierno. No tenían idea de lo que se pudiera hacer; sin embargo, le apoyarían en cualquier trámite que iniciara.

El miércoles, Aguilera se fue a media mañana a los bancos, tenía que recoger los dólares en efectivo y solicitar otros tres cheques por dos y medio millones de dólares americanos, también viajaría a Hong Kong para hacer las compras de los sistemas de paneles solares que se instalarían en las casas, era compromiso del contrato.

- "Y aunque las cuentas se vean mal ahorita, dentro de las siguientes dos semanas repondremos estas inversiones y más, ya estamos terminado de limpiar y pronto empezaremos a tender tubería de agua, drenaje y electricidad, todo subterráneo"

Los gerentes creyeron todo el embuste, una cuenta de cien millones de pesos, tiene que subir y bajar para que se realice el negocio.

Emeterio llamó por teléfono y al informarse que Aguilera no estaba, se puso contento, de todas maneras, no le tenía buenas noticias.

– "Solo dígale que le llamé"

Aguilera también se había mantenido ocupado sacando tres pasaportes con otros nombres, para el último, se pintó el pelo blanco, otro con bigotes, lentes de contacto y maquillajes; y por supuesto, buenas propinas, los pasaportes no tardarían en llegar, inclusive pagó el servicio de urgencia. No tenía idea del tiempo que podría esperar, pero, él ya tenía los cheques y boleto de avión a Roma saliendo de la Cd. De México, nada más. Los pasaportes llegaron quince días después de iniciada la operación "Desaparecer". Saldría de México con su nombre, Rubén Aguilera. Había enviudado seis años atrás, sin hijos ni gato esclavista que lo detuviera. Los cheques en euros iban a nombre de Roberto Brambila, y por supuesto un pasaporte con ese nombre y duró casi un mes en Roma, ya tenía la mitad del dinero a su disposición y Aguilera no aparecería jamás.

De ahí se fue a Madrid y Roberto Sánchez Pérez entró en escena, lo mismo, pero ahora con la compra de procesadoras de aceites de olivo, cientos de ellas en la zona de Andalucía. Repito: *Aguilera no aparecería jamás.*

A su gente en la oficina les dijo que iría Hong Kong a comprar mármoles sintéticos y paneles solares, que siguieran trabajando y al administrador, pagar todo lo que fuera necesario, pero ya había dejado los mínimos costos, con los anticipos podrían seguir unos tres meses.

Aguilera regresó a Italia como Roberto Sánchez y se fue a Nápoles, ahí anduvo vagando dos semanas antes de encontrar al hombre que buscaba, uno que se pareciera a Rubén Aguilera, claro que lo encontró y lo abordo inmediatamente, era un trabajador en una vitivinícola, Aguilera le comentó que era idéntico a su hermano, quería trabar amistad con él y le invitó a comer y tomar buen vino, le dio algo de dinero y cultivó su amistad por una semana, su nombre era Pietro Lombardo, le encantaba el futbol, las lanchas y el vino, dos características ideales, a los pocos días fueron a comprar un bote de unos ocho metros de eslora, grande para hacer cortos viajes por alta mar, Rubén quería ir a visitar Cerdeña, ahí tenía un amigo que hacía mucho tiempo no veía, luego vamos, comenzaron a pasear en el nuevo bote y claro el capitán era Pietro. Pronto se enamoró del yate. Rubén siempre tenía el yate bien surtido de licores, cerveza y vino buenos de manera que un día le pidió a Pietro que fuera al puerto de Santa María Navarrese, en Cerdeña, a llevarle unos regalos a su amigo, y este paquetito que deberás cocer a tus pantalones pues es de suma importancia.

Le dijo que Giovanni sabía de su partida, lo estaría esperando y él reconocería el yate por la banderita mexicana y lo abordaría, Que le informara a su amigo Giovani que el fin de semana lo pasarían con él. Empezaron a pistear y cuando Aguilera vio que Pietro ya estaba bien entrado, le apuró a que iniciara el viaje. Un par de horas y un par de botellas de vino, lo llevaron cerca de las costas de Túnez en el norte de África, donde un barco que llevaba emigrantes ilegales lo abordó, como vieron que estaba bien borracho nomás lo echaron por la borda, pronto falleció y al día siguiente, el cuerpo apareció en una de las playas de Túnez. Entre los papeles que llevaba en su bolsillo, estaba el pasaporte de Rubén Aguilera, había fallecido en un accidente marítimo. Él, Roberto quedaba libre y rico. Luego con el efectivo se iría a Buenos Aires, Argentina, era un hermoso país para vivir.

En Chihuahua, las cosas habían ido normales hasta que se llegó la quincena, Aguilera había dejado solamente tres cheques firmados, hubo que ir al banco y retirar efectivo para pagarles a todos, el administrador no tenía acceso a los saldos, ni movimientos bancarios. Se llegó la siguiente quincena y hubo necesidad de pagar en efectivo; sin embargo, el administrador de nombre Eugenio de la Casas, llamó a Emeterio a ver si él tenía noticias de Aguilera, hacia un mes había salido a Hong Kong y no habían tenido contacto con él, No tampoco Emeterio sabía de él.

Al día siguiente Eugenio volvió a llamar a Emeterio, creía necesario reportarlo a las autoridades,

- "Algo debe haberle pasado en Hong Kong y debemos buscarle, por favor licenciado ayúdenos".

- "Salgo para allá"; cuando llegó, se dio cuenta de la histeria que todos estaban padeciendo, estuvo platicando con Eugenio,

- "¿Cuándo había salido?, ¿cuánto dinero llevaba?". Le dieron la fecha exacta de la partida y tuvieron que ir al banco para saber cuánto dinero había retirado, el principio el gerente se negó a darles información, pero luego de saber que no tenían noticias por más de un mes, consulto su computadora y le dio del dato, un cheque de dos y medio millones de euros y otro igual, pero en dólares americanos, Según Emeterio era muy poco para tratarse de una fuga de fraude, Aguilera había depositado cerca de treinta millones de pesos para iniciar operaciones. Algo muy malo le pasó, se fueron a la Procuraduría a presentar la demanda para que se iniciara una investigación.

Delta Airlines confirmó su vuelo a Roma, no hubo problemas,

- "Lo llevamos sano y salvo". A partir de ese momento, nada, ni hoteles ni otros vuelos, llego y se esfumó. Tres meses después las autoridades de Túnez informaron del cadáver encontrado en las playas, Rubén Aguilera había muerto, se encontraron con la sorpresa que no había familiares a quien notificar. El cadáver estaba en una descomposición total, recomendaron la cremación para su retorno a Chihuahua. Tan solo pidieron dejar muestras para pruebas de ADN, pero este análisis concordaba con ancestros locales de Nápoles, pero esto fue casi dos meses después. Atolito en las venas.

114

Tiempo después llegó la urna con el pasaporte. Eugenio aprovecho el último cheque para cancelar la cuenta, se hizo acompañar por Emeterio y con el Certificado de Defunción al gerente no le quedó remedio que entregar el dinero, se pagaron los empleados y contratistas, Emeterio y él, no dejaron ni quinto. La oficina no se volvió a abrir.

Pero ya era considerado un fraude internacional y posiblemente un asesinato, y donde estaba todo el dinero, comenzaron a seguir los cheques, Emeterio fue llamado a declarar lo que sabía, cuáles eran los planes de Aguilera,

- "Yo no sé nada" les gritaba; sin embargo, muchas de las demandas lo incluían a él como responsable, no lo encontrarían culpable, pero si quedaba desprestigiado ante la sociedad y en especial con los abogados defraudados, Llegó al Colegio de Abogados. Democráticamente pedirían la cancelación temporal de la licencia.

Aguilera tardó un poco más de dos años en caer, vivo, bueno no mucho, lo encontraron en Argentina, con la mayor parte del dinero. Toda su vida había sido un avaro, no era bueno ni para gastarse el dinero, ni los más mínimos lujos. Habían seguido la pista de los cheques dónde y cómo fueron cambiados. Y tardó dos años en juntar el dinero en efectivo. Todo fue cuestión de tiempo.

Capítulo 15, Broncas, ¡Salvajes!

Comenzaron a llover las demandas, en muchas de ellas se mencionaba al Lic. Emeterio Rubalcaba como participe activo del negocio, la notificación de la muerte de Rubén Aguilera no era suficiente y los abogados que eran clientes, se juntaron para ver donde estaba el resto del dinero, si tan solo había sacado cinco millones de dólares, debían recuperar sus anticipos, solicitaban que la investigación ya se llevara a cabo como fraude premeditado, y alguien debía ser responsable. Los medios de publicidad, diarios, radio y televisoras daban las noticias de una serie de demandas, algunos pensaban que el dinero estaría escondido en algún lugar de Chihuahua, otros pensaban que de alguna manera lo había sacado del país sin dejar rastro; inclusive, algunos pensaban que lo llevaba consigo cuando lo mataron y tiraron al mar, muchas especulaciones.

Esa publicidad también llegó a los oídos de los otros dos banqueros que se presentaron por separado, voluntariamente a declarar, ahora si se supo que en realidad se había llevado quince millones de dólares, comenzarían por investigar en el sistema bancario como se había hecho el movimiento y determinar lugares y fechas, inclusive alguien mencionó posibles alias. Iniciaban una cacería. Se solicitó a Túnez información adicional, si habían tomado muestras durante la autopsia y poder comprobar el ADN, difícil pues no había con que compararlo. Pero si, se pudo verificar una identidad diferente, con raíces italianas, principalmente de Nápoles y más concretamente Pietro Lombardo

El Lic. Rubalcaba argumentaba que tan solo había sido un asesor jurídico, que no era socio ni mucho menos, que desconocía las intenciones y movimientos de Aguilera; de cualquier manera, su nombre quedaba en entredicho y todo el día se la pasaba de mal humor, caminaba por el despacho rápidamente, sin preocuparse del resto del personal,

- "Que se hagan a un lado". Los clientes comenzaron a escasear.

Una mañana, Domitila había empezado a limpiar todos los vidrios del despacho, iba caminando pero de repente tropezó con algo y se fue de bruces, el valde de agua sucia que llevaba, cayó, sí, adivinaron, en la piernas de Emeterio que pegó un grito y con Domitila en el suelo, le dio una patada en el hombro, se lo dislocó, tenía su hombro izquierdo casi pegado a la oreja, la mujer aulló del dolor, y se quedó tirada, tenía rota la nariz y de pilón el hombro, todos los presentes se apresuraron a ayudarla mientras que Emeterio gritaba,

- "Lárgate de aquí, vieja babosa, me has echado a perder mi traje, lárgate rápido antes de que te de otro golpe por imbécil".

Se la quitaron y llamaron por una ambulancia que duró (según Domitila) dos eternidades en llegar; se la llevaron. Solamente Omar, Elvira, Boni y Vicky, y otros pocos como el chofer y el joven de correspondencia y por supuesto los IBM que andaban haciendo mandados o encomiendas, no habían presenciado el incidente. Por supuesto, Omar Valdivieso al enterarse, les pidió a los de la ambulancia que la llevaran al mejor hospital de Chihuahua, uno cerca del Periférico de la Juventud, le pidió a Prudencia que se fuera con ella y lo mantuviera informado,

- "Dígale al hospital que nosotros pagaremos los gastos" les dijo a los de la ambulancia.

En ese momento, ya en su despacho, recibió la llamada de Elvira, que había pedido la mañana para ir al doctor, y ella le dijo:

- "¿Nos podemos ver fuera del despacho unos minutos, tengo algo que contarte, te parece el café sobre la Ocampo y casi Niños Héroes?

- "Sí claro voy para allá" y salió del despacho. Para cuando llegó., Elvira ya había comprado una malteada para ella y un café americano cargado para él, se veía muy contenta, cuando él llegó, se le fue a los brazos, lo abrazo y beso antes de que Emeterio pudiera reaccionar y luego sin más, le soltó la noticia: - "Estoy esperando un bebe, vamos a ser papás" Emeterio le aventó el café caliente a la cara y le gritó

- "Estúpida, quedamos que te cuidarías, tienes que abortarlo inmediatamente y por lo pronto no vuelvas a la oficina, ya te enviaré dinero para que salgas de ese problema, lárgate idiota, ¿cómo se te ocurre?".

Con la cara quemada y el corazón achicharronado, Elvira se retiró rápidamente, llorando, más por la desilusión que la quemada del café, llegó a su carro, se subió y comenzó a llorar de a deveras, Ella si se había enamorado. Tardo casi una hora antes de salir del café rumbo a su casa.

Al llegar a su casa, se encontró con que su abuela estaba en el hospital, se cayó, y Emeterio le dislocó el hombro, ardió de rabia, había sido su confidente por aproximadamente tres años, le sabía todas las triquiñuelas y ahora pensaba como vengarse de ese maldito monstruo. Todavía no se mostraban los estragos del café caliente. Se fueron ella y la mamá al hospital, estaban operando a Domitila y Prudencia les contó con todo detalle lo ocurrido,

- "Dime quienes estaban presentes cuando esto pasó, necesitaremos los testigos para hundir a ese desalmado".

– "Prácticamente todos los de la oficina". Poco tiempo después salió el doctor Antonio Grijalva, les notificó que Domitila se repondría pronto, que debería tener el brazo inmóvil por mínimo un mes y después a terapia de rehabilitación. El doctor también les informó que había tenido que dar parte a las autoridades, toda vez que el golpe fue intencional, no tardarían en llegar los agentes, por favor espérenlo y presenten la demanda formal, estos abusos no deben ser tolerados y esos energúmenos requieren urgentemente un castigo ejemplar.

Pasaron diez minutos para cuando llegó la Teniente Silveria Pérez, adscrita a la Procuraduría de Justicia, de unos treinta años, muy bonita y cuerpo dedicado al ejercicio, inteligente y guapa, sus amigos fuera del cuerpo policiaco le llamaban solamente Silver. Empezó a platicar con las tres mujeres y tomó notas, luego de 20 minutos de pláticas, les notificó que solicitaría orden de arresto en contra del Lic. Rubalcaba, y que se cumpliría inmediatamente, solicito los números de teléfonos para comunicarse con ellas y les daría los pormenores de este arresto.

- "Ah, también notificaremos a la Secretaría del Trabajo, porque además la despidió por un accidente y su furia de prepotencia", El doctor había estado presente en todo momento y aseguró que la nariz se la había quebrado al caer, pero el hombro dislocado fue por un puntapié muy fuerte, también les informó lo que Omar Valdivieso había solicitado que al despacho le enviarían la cuenta,

- "Incluiremos el costo de revisiones cada semana y por lo menos tres meses de terapia, para que por lo menos por eso no tengan preocupación".

Del hospital, la Teniente Pérez se dirigió al despacho, necesitaba hablar con Omar Valdivieso y verificar ciertos datos que le fueron proporcionado por las mujeres, Omar no tuvo alternativa que corroborar lo dicho por Prudencia y reiterar el compromiso de pago por la atención médica. La teniente iba rabiosa pero contenta,

- "Voy a hacer sufrir a este desgraciado". Llegó a la Procuraduría y se fue directamente con el capitán, y luego de unos minutos le dijo:

- "Que vaya Márquez, ese hombre odia estos crímenes contra mujeres, a lo mejor hasta le da una calentadita antes de traerlo". Así se hizo. Márquez llegó al despacho y luego sin miramientos, esposó a Emeterio y se lo llevó, no le dio su calentadita, pero tampoco cuidados, a empujones lo metió en la patrulla, Más de la mitad de la oficina estaban felices por el arresto, ya les había hecho miles de groserías y malos tratos, además todos querían a

Domitila y a Prudencia. Claro nadie lo expresó a voz viva, pero no les pudo ni un ápice.

Ya en la comandancia, Emeterio alegó que el puntapié fue reflejo de lo inesperado del agua, pero eso no concordaba con lo expresado en la demanda y un testigo, no le dijeron quién, pero supuso que tenía que ser Prudencia y cuando le aclararon que otro testigo les había mencionado que la patada tuvo lugar casi un minuto después del baño de agua, por lo pronto tendría que permanecer detenido hasta hacer más investigaciones. Una vez que fue puesto tras las rejas, la teniente se regresó al despacho, los juntó a todos y les explicó que el daño sufrido por Domitila era muy serio, y que todos ellos serían llamados a declarar, pero que, si cooperaban con ella y le decían la verdad, excluiría los nombres y solo se mencionarían; si fuese absolutamente necesario, eso aclaró:

- "Para que todos puedan conservar su empleo.

Todos estuvieron de acuerdo en platicar uno por uno con ella, antes de salir a cada uno mencionaba que su declaración era secreta, que no comentara con los compañeros de trabajo, así transcurrió la tarde y tenía suficientes pruebas, inclusive la amenaza de volverla a golpear que varios de ellos recordaban muy bien, la ubicación exacta del accidente y la lista de los testigos.

Para completarle el cuadro, los medios de comunicación, principalmente diarios y la radio habían presenciado cuando lo trajeron esposado a la cárcel municipal y ellos saben que el amarillismo vende tanto como los deportes, inmediatamente por las diferentes estaciones dieron la noticia, sin especificar detalles que no tenían pero que ofrecían aclarar a la brevedad posible de manera que acosaban al personal de la comandancia por más detalles. Una amiga de Rosa María, la campeona mundial de chismografía le fue a contar lo que había escuchado y tuvieron encendido el radio, claro que lo repitieron, no todos los días entran los abogados a la cárcel.

Abogado, en fin, exigía su libertad, pero se la negaron pues hasta en la mañana vendría el doctor a declarar, debían asegurarse de que la mujer no fuera a fallecer, un tanto por el golpe y el susto que podría tener repercusiones.

- "Te esperas, calladito y como si fueras un buen chico, no quieres que los otros presos sepan que estas aquí y porqué, no tienes idea de lo que te podría pasar",

Claro que lo metieron a una celda de castigo, solo estando sólo podría estar seguro.

El doctor Grijalva se presentó a las diez de la mañana tal como lo habían citado, les explicó que hasta hoy en la tarde le haría unos estudios, electrocardiograma, y análisis especialmente biliares, que, si todo salía bien, se los haría saber al día siguiente, explicó que era imposible realizarle esos estudios recién salida de la cirugía, con restos de anestesia y el trauma sufrido hacía muy poco tiempo, los resultados podrían resultar inexactos.

- "Hasta mañana abogado, puedes hacer una llamada para que te traigan cobijas y hasta comida, ni se te ocurra pedir licores, no te llegarán, te hemos puesto en el único lugar que no te alcancen los otros reos, no dirás que no te protegemos".

Claro le llamó a Omar para que le trajera lo máximo que le dejaran meter comida, un par de cobijas y varios refrescos en botella de plástico, nada más, tendría que comer con los dedos, ni los cubiertos de plástico le dejaron pasar.

Al día siguiente volvió el Dr. Grijalva con una serie de papeles,

- "Aparentemente no hay problemas, de cualquier manera, la tengo citada en una semana, si se presentara algún cambio, se los informaré".

Emeterio fue consignado por lesiones y le fijaron una fianza de un millón de pesos, le llamó a Omar para que consiguiera la fianza ya. Un par de horas después estaba saliendo de la cárcel. Afuera lo estaba esperando un buen grupo de los feministas, de los que protestan contra los que violentan mujeres, no le tiraron piedras porque no las llevaron, pero eso sí, tomates, manzanas en no muy buen estado y hasta una papa, le llovió en su milpita con el sol brillando.

Se fue a su casa a descansar y darse un buen baño luego iría al despacho para adoctrinar al personal,

- "Y al que no cumpla mis instrucciones, lo corro y lo quemo con todos los colegas, tengo que salir de esta bronca".

La esposa no estaba, seguramente estaba en el gimnasio, así que la sirvienta le dio desayuno y estaba por terminar cuando llego su mamá, hacía meses que no se veían:

- "Hijito de mi alma, ¿cómo estás? Me enteré y vine a verte"

–"¡Ay! madre, no se preocupe, pronto saldré de este embrollo, me alteré y pues hay que sufrir las consecuencias, pero para eso soy abogado y de los buenos, no se apure, luego voy a verla, ya tengo que ir al despacho, trae su carro o ¿quiere que la lleve?"

- "Sí vine en el carro, adiós, hijo cuídate, y no cometas esas locuras nunca más. ¿Me oyes?, nunca".

Y salió, iba sumamente molesta, se arrepintió de haber venido,

- "Esa no es la educación que yo le inculqué", pero era su hijo y lo quería mucho.

La Teniente Pérez llegó al despacho y habló con Omar, quería saber todo, iba a investigar, quienes presenciaron el incidente,

- "Pues yo no pude presenciarlo y no tengo idea quien pudiera estar en ese lugar", pero que estimaba que muy pocos lo habían presenciado". Luego la teniente habló con todos de uno por uno,

- "No sé qué dirán" concluyo Omar. Empezó a platicar con cada uno, todos le comentaron a Omar que habían negado ser testigos, que se encontraban en otro lugar, el baño, preparándose un café, con un cliente y al final nadie había presenciado nada.

Cuando Emeterio llegó y se enteró, se quedó pensando si esa lealtad era real o le estaban mintiendo todos. Ya lo sabría.

Al día siguiente, Emeterio recibió la cita para comparecer ante la Junta de Conciliación, tenía dos demandas por despido injustificado, una de ellas incluía maltrato físico. Mañana a las 9:00 de la mañana.

Daños colaterales de un puntapié, se arrepentía de sus hechos, pero, no le quedaba remedio que afrontar lo que le demandaran.

En la Junta, le informaron que una de las demandas incluía golpes, que tenían el certificado médico, y le costaría el total amparado por la ley, incluyendo los pagos adicionales, la otra era renuncia involuntaria por temor a represalias, y miedo a la violencia mostrada por el empleador, pago completo a lo que marca la ley: "tres meses, 20 días por año trabajado, 12 días por año de antigüedad y las partes proporcionales de vacaciones, prima vacacional, aguinaldo y cualquier otra prestación otorgada por la empresa.

Emeterio calculó que eso le estaba saliendo barato, considerando el misero sueldo que ellas tenían, aceptó pagar y punto,

- "Pásele al administrador, Omar Valdivieso los números y él girará los cheques correspondientes, asegúrese de que no habrá más demandas por este suceso".

- "Esto es por haber actuado con violencia y crear un ámbito de trabajo hostil, lo de los golpes es de jurisdicción penal" le informó el Jefe de la Junta.

Tanto Domitila como Prudencia, recibirían el equivalente a poco menos a lo de un año de trabajo. Nada mal, pero, en fin, mujeres trabajadoras no estaban tan felices de perder su empleo. Cuando llegó a la oficina instruyó a Omar a minimizar los pagos hasta donde fuera posible. Y Omar trató de cumplir al pie de la letra las instrucciones, sin lograrlo.

Capítulo 16, ¡Ay méndigo!

Al día siguiente al altercado con Emeterio, Elvira se levantó tarde; sin embargo, los efectos del café caliente estaban brotando en su cara, muchas ampollas que asustaron a su mamá, no le preguntó, solamente la subió al carro y se la llevó al mismo hospital donde había estado Domitila, preguntaron por el Dr. Grijalva que luego les atendió.

- "Esto te pasó ayer, cuéntame exactamente lo que sucedió para saber cómo proceder, y no me mientas, esto parece no ser accidente sino intencional de crearte daño",

- "No, no," se apresuró Elvira a decir, una compañera tropezó y llevaba su café en la mano, al caerse me cayó a mí en la cara"

- "Mire señorita, si quiere mentir, mienta, tiene quemaduras debajo de la mandíbula, lo que quiere decir que el líquido iba hacia arriba, no de una caída de otra persona".

- "Bueno vamos a ver, todo parece superficial, aunque si estaba muy caliente el líquido, se va a ampollar y pudieran quedarle marcas permanentes" Sacó un instrumento de su gabinete y empezó a sacar el líquido de las ampollas, y una enfermera iba limpiando una por una, tardó casi dos horas y casi en absoluto silencio, luego la enfermera trajo lo que parecía una máscara, la midió y se fue a cambiarla por otra, la segunda si era de su tamaño, se la colocó, le dijo:

- "Cierre los ojos y detenga la respiración, le voy a rociar la cara" procedió y en eso el Dr. Grijalva volvió a la carga,

- "Mire señorita Elvira, ayer atendimos a Domitila hoy usted, de la misma oficina, me parece sumamente extraño y usted necesitara varios tratamientos inclusive es posible que un trasplante de piel, eso va a costar bastante, si usted decide callar y apechugar los costos, más le vale jugar a la lotería, pegarle al gordo, a ver si le alcanza".

- "Le voy a mostrar algo" le dio vuelta al monitor para que Elvira lo viera, seleccionó un expediente, lo abrió y se mostró la cara de Elvira, claro que amplificando varios detalles, apuntando a la parte inferior de la nariz, le dijo: "esta es la que más me preocupa, el más mínimo resfrío o alguna alergia, la puede infectar feamente, debe tener mucho cuidado con esta ampolla, le voy a recetar dos soluciones, una con una gaza humedecida, va a empapar la ampolla y luego va a aplicar la segunda, por lo menos una vez cada dos horas los primeros tres días, ya después, podrá hacerlo cada cuatro horas por una semana, ya para entonces tendrá que volver para revisar todas las demás".

Hasta ese momento, la mamá, María Elena Solís, había estado callada, pero, en ese momento exploto:

- "Elvira más te vale contarnos la verdad, de todas maneras, la voy a investigar, y si encuentro que nos estas mintiendo, no te la vas a acabar, este tipo de accidentes deben de aclararse y si en necesario denunciar a alguien, vas a necesitar quien te ayude a pagar por esto que te hicieron, ¡así que habla!".

Elvira se derrumbó, nunca había visto a su mamá tan enojada así que soltó el llanto y comenzó:

- "Fue el Lic. Rubalcaba quién me aventó el café a la cara, no fue en la oficina sino en un café público, varias gentes lo vieron, pero no sé quiénes serán, ni si alguno de los empleados lo vio". Visiblemente furioso, el Dr. Sacó su celular y buscando una tarjeta en su bolsa, marcó.

- "Teniente Pérez, tenemos otro caso de violencia de Rubalcaba, aquí está la ofendida, dígame cuanto tiempo la esperamos", "magnifico, vuélele".

- "En diez minutos está aquí, ni pienses en moverte, este desgraciado hay que guardarlo por un largo tiempo".

Menos de los diez minutos, llegó la teniente Pérez, Saludó cordialmente a todos y luego hizo el comentario obligatorio:

 - "Así que tenemos un macho que no sabe respetar a las mujeres, la reincidencia, facilita al juez a darle hasta tres años por la ofensa y este bato ya se los ganó, lástima que no sean treinta".

- "Vamos a ver, cuéntame todos los detalles de este incidente, no omitas nada",

- "No hay mucho que contar, estaba enojado y me aventó el café, nada más".

- "No mijita, no me quieras ver la cara, estoy de tu lado y soy la que puede ayudarte, ahora dime":' ¿" Donde ocurrió esto? ¿A qué horas? ¿Por qué se enojó tanto? ¿Qué le dijiste? ¿Qué hizo después de aventarte el café caliente? ¿Qué hiciste tu?, vamos por partes, comienza a hablar y no omitas detalle". A Elvira no le quedó más remedio que dar casi todos los detalles, de tal manera que cuando quiso quedarse callada, la teniente volvió a la carga: - "Ahora dime que le dijiste que lo hizo enojar tanto como para hacerte esto" Elvira agachó la cabeza y dijo:

- "Le dije que íbamos a ser papas, que estoy embarazada". María Elena gritó:

- "No mi hija, como pudiste hacerlo, de seguro te forzó".

- "No mamá, me enamoré al poco tiempo de entrar a trabajar con él, siempre se portó muy bien conmigo, inclusive pagó el enganche del mi carro, me subió el sueldo y me tenía consideraciones en la oficina, inclusive nadie de la oficina sabe nada. Y si, me tiró el café y se fue, no sin antes despedirme del trabajo, yo tardé más de una hora en recuperarme y me fui a casa, ustedes saben el resto de mi día".

La teniente Pérez no perdió ni un minuto,

- "Jefe, por favor mande a Márquez que vaya por Emeterio Rubalcaba otra vez, reincidente el mismo día, dile que le invitaré unas cervezas por lo que le encanta hacer" colgó. Le preguntó al doctor si quedarían huellas permanentes en la cara de Elvira a lo que el galeno, con toda la desfachatez del mundo dijo:

- "Es muy pronto para saber, pero si es posible que quede un poco de decoloración, venga le enseñare la foto de cómo llegó" La teniente le pidió que le enviara esas fotos a su correo, le envió cuatro fotos.

Despido injustificado, violencia física, con posibles daños permanentes, reincidencia, respuesta violenta al más mínimo detalle, le podrían catalogar como un sociópata, peligroso en extremo. Claro que los medios de comunicación se estaban dando vuelo con las noticias.

Exigían que el juicio fuera público, presionaban a las autoridades; por supuesto el único abogado defensor tuvo que ser el Lic. Talavera.

Rosa María se sentía morir de vergüenza, muchas de sus clientes dejaron de ir, algunas hasta le reclamaban: ¿Qué educación le diste?" "¿Tú lo golpeabas de niño?". El día del juicio, no abrió el taller de costura; de cualquier manera, no tenía clientes. Emeterio fue sentenciado a tres años, pagar todos los gastos médicos de las dos ofendidas y aparte una indemnización cuantiosa. Lo que más irritó al juez y lo predispuso en contra de Emeterio fue saber que la noticia del embarazo de Elvira había culminado con las quemaduras, además de aconsejar el aborto y desembarazase de ella mediante el despido.

Desde el principio del juicio, Talavera presentó la moción de arresto en falso; ya que:

- "No le dijeron sus derechos como manda la ley, además fue golpeado por el Subteniente Márquez"

Márquez aseguraba haberle dicho sus derechos, tenía doce años en la corporación y un expediente limpio,

- "claro que pueden alegar eso, pero, mi compañero que presenció el arresto puede asegurarles que, si se los dijimos y que en ningún momento le golpeamos, es más al estarlos subiendo a la patrulla, él quiso golpearse la frente contra el carro, pero y le iba protegiendo la cabeza y lo evité" El juez le creyó a Márquez y desestimó la moción.

Sin embargo, tres meses después, en una apelación, presentaron a Judit Molina como testigo y ella aseguró que nunca le dijeron sus derechos y que, si lo maltrataron, sobre todo al ponerle las esposas, le habían torcido los brazos fuertemente. La apelación procedió y pronto saldría Emeterio, bajo fianza, pero libre. Cuando salía de la Penitenciaría, la puerta estaba abarrotada de periodistas, de radio, diarios y hasta la televisión, muchas fotos y no quiso hacer ninguna declaración, con despotismo los dejó con las preguntas en la boca, por ese comportamiento, ya para subirse al carro, uno le gritó"

- "Gentes como tu pertenecen adentro, pronto volverás".

Volvió al despacho que también estaba vacío de clientes, los medios habían hecho estragos por todos lados, las renuncias comenzaron a presentarse, el imperio se estaba derrumbando estrepitosamente, Emeterio pensaba solamente en su venganza, contra Domitila y Elvira.

Le llamó a Bulmaro, necesitaba un hombre capaz de todo, ya le daría los detalles.

El hombre, solo dijo llamarse José y lo enviaba Bulmaro llegó al despacho que estaba totalmente vacío, la última en renunciar fue Vicky, se iba a casar con Federico que ya había terminado su maestría y tanto él como Edgar se habían quedado a trabajar con la Comisión Reguladora de Energía.

Omar estaba terminando los procedimientos del despacho, tenían un pequeño problema, al contrato de renta del edificio le quedaban diez meses y demandaban el pago en su totalidad.

- "Quiero que borres dos estorbos, pero tiene que padecer accidente mortal por necesidad" Le dio direcciones y las descripciones de Domitila y Elvira,

- "Planéalo bien y vuelve una vez terminado el trabajo".

La primera en la mira fue Domitila, iba saliendo de su casa y tenía que cruzar la calle para agarrar el camión que la llevaría con el terapista. Cuando Domitila iba a empezar a cruzar la calle, José aceleró hacia donde debía; sin embargo, antes de cruzar Prudencia le gritó y Domitila se detuvo, José trato de cambiar el rumbo, luego un bache, de los cuales son raros en Chihuahua, lo hizo perder el control y se fue contra el poste, murió en el choque.

El carro tenía reporte de robo, y el hombre no traía nada de identificación, pero si una pistola calibre 38 y en un papel garrapateada una dirección, si adivinaron de nuevo, la del despacho de Emeterio. Tenía cargos, orden de aprehensión como presunto responsable de un asesinato. Nadie reclamó el cuerpo, nadie lo lloró ni hubo flores, fue a la fosa común. Tanto Domitila como Prudencia presenciaron todo el accidente, pero se apresuraron a irse, juntas las dos a ver al terapista, Domitila reconoció que, si no hubiera sido por el grito de Prudencia, la habrían atropellado, y le dijo a Prudencia "corre vámonos".

La teniente Pérez fue informada por el comandante de la Policía Municipal, recordaba haber tenido a Emeterio como huésped un par de veces, le contó del accidente y la nota de la dirección que correspondía al despacho,

- "Tenemos la sospecha de un intento fallido de asesinar a Domitila, carecemos de pruebas, lo que si podemos hacer es prevenir a las mujeres, no se vaya a tratar de una venganza y utilizó a este hombre como el sicario que era".

La efectividad de la Teniente Pérez era simplemente asombrosa, se fue en una patrulla con la torreta prendida, hasta que entró a la colonia donde vivían María Elena, Domitila y Prudencia en una casa cerca de la Calle Pacheco, y un poco al sur de la 20 de Noviembre, colonia humilde pero muy tranquila, con pocos sucesos que hayan requerido la intervención policiaca. Llegó a la casa, se cercioró de que no la estuvieran siguiendo y tocó, fue Elvira la que abrió, no sin antes asomarse por la mirilla y constatar quien tocaba. Invitó a la teniente a pasar y llamó a María Elena. Empezó por comentarles lo del accidente de la mañana, a tan solo dos cuadras de aquí, de cómo el chofer se mató, y luego remató con la nota en el bolsillo con la dirección del despacho y les pidió estar muy atentas, no salir de noche y si requerían algo urgente, podrían llamarle a ella, con gusto les atendería.

- "Este maldito no aprende, lo malo es que no tenemos nada, tan solo la sospecha de que quiso matar a Domitila, y luego seguirías tu Elvira".

El papá de Elvira, hijo de Prudencia y el esposo de Domitila, mamá de María Elena, habían tenido un accidente ya hacía unos ocho años. Cuatro mujeres solas, indefensas y amenazadas. En ese momento regresaron Domitila y Prudencia, traían tamales calientitos, comieron las cinco muy contentas con la visita y le agradecieron las pusiera sobre aviso, Domitila le informó que ella había sentido lo mismo cuando escuchó el grito de Prudencia y ya no cruzó la calle, de haberlo hecho, estaría muerta. Los medios de comunicación apenas mencionaron en la página roja la noticia del fatal accidente y no hicieron relación alguna con otras personas o eventos.

Durante la última visita con el Dr. Grijalva, éste le recomendó hacerse una prueba de ADN no invasiva, solo necesitaban una muestra de Emeterio y le preguntó:

- "¿Tú sabes donde le cortan el cabello?,

- "Si, es un estilista por San Felipe, pero no me acuerdo del nombre, tendría que pasar por ahí y anotarlo". No había quedado ni una marca de las quemadas, y el doctor le confesó,

- "Tuve que exagerar un poco con la teniente, deseaba que este desgraciado pagara por lo que hizo, pero tu tenacidad y perseverancia dieron los frutos esperados, te felicito y gracias por tu confianza, te deseo lo mejor del mundo, si sabes del estilista llámame y me lo dices Me saludas a Domitila y dile que la felicito por su recuperación total, pero que le recomiendo no hacer mucho esfuerzo, casi todos los disloques se repiten".

El tiempo vuela.

En poco más de un mes nacería el bebe, esperaba un niño, se cuidaba mucho y se alimentaba sanamente, acudía a sus revisiones y la ginecóloga le aseguraba que tendría un parto normal.

Ese día estaban dando la noticia de la muerte de la niña que se había caído del techo de su casa la hija de Emilio y Estela Gamboa acababa de fallecer a causa de una infección que le había brotado poco después de la última cirugía, no culpaban al personal del hospital siempre los trataron muy bien y

- "Hicieron todo lo posible por salvarla, pero Dios manda" había comentado el padre de la niña Emilio Gamboa.

Luego los Barragán los visitaron, estuvieron comentando su suerte, llegaron a la conclusión que el verdadero culpable era el abogado que no les dio tiempo de vender sus casas y los había dejado sin dinero en la calle, Ambos estaban furiosos.

- "Merece morirse y con gusto le daría una ayudadita". Comentó uno de ellos,

- "Si dijo el otro, no estaría mal ayudarle al mundo"

Capítulo 17, El karma regresa.

Cuando un sociópata como Emeterio obran mal en exceso, estas personas, no sienten remordimiento y tampoco aprenden de sus errores, su egolatría es tan elevada que, si no tienen control absoluto de los demás, se sienten perdidos. Esto fue lo que le sucedió y para colmo de su suerte, tan pronto comenzó el apocalipsis de su imperio de barro, la esposa se fue para Buenos Aires, Argentina y se llevó al hijo, despidió a la criada. La casa estaba sola, sucia, vacía, el refrigerador vacío, la despensa vacía. Lo único que si tenía eran licores, el bar si había quedado surtido de tal forma que comenzó a tomar, últimamente todo le había salido mal y trataba de justificarse a sí mismo por todo lo sucedido. En la peni, solamente Omar y el Lic. Talavera lo habían visitado, y eso en funciones laborales, no sociales.

Durante un par de semanas, tan solo salió a un cajero automático a sacar dinero, ordenaba licores y comida ya preparada de un negocio que se llama "Mucho de Todo" que hacen una comida riquísima, pagaba con efectivo y daba muy poquita propina y por lo mismo, su servicio no era con mucho el mejor, varias veces le llevaron la comida ya cerca de las cuatro de la tarde, claro que ni cuenta se daba, todo el día tomaba.

Una mañana, ya cerca de las once, le llamó Bulmaro, Juanito había atropellado un hombre, se lo habían llevado preso,

- "Ve y sácamelo de ahí rápido Pérez Sosa anda fuera de la ciudad".

Emeterio le contestó que no podía, le habían suspendido la licencia y el despacho había cerrado, eso enfureció a Bulmaro,

- "A ver cómo le haces, lo quiero libre y pronto" y colgó. Él siguió tomando.

Hacía ocho meses que había empezado la hecatombe, estaba acabado, pensaba cambiarse a Cd. Juárez y comenzar de nuevo, varios meses limpio. Le permitirían activar su licencia de nuevo, era viernes, se levantó y hasta se bañó. Se rasuró y se apresuró a salir. Se fue al Sanborns a desayunar, y luego se fue con el estilista, donde por supuesto el Dr. Grijalva había dicho y el dicho acompañado de buenos billetes, que le avisaran cuando Emeterio fuera a cortarse el cabello, así lo hicieron y al poco rato llegó el doctor y al terminar el corte, recogió bastantes cabellos, no del suelo sino de la capa.

Emeterio se fue al colegio de abogados y solamente le contestaron que pondrían a votación su petición el próximo jueves tendremos sesión y luego le informaremos.

Se regresó a su casa y a eso de las cinco de la tarde, le llamó su mamá,

- "Ya nació tu hijo con Elvira, deberías reconocerlo y darle lo que se merece, una buena educación y a Elvira protegerla y ayudarle que rehaga su vida, pórtate como el hombre que yo crie".

A lo que el simplemente contestó:

- "No tengo seguridad de que sea mío y ya le pagué lo que tenía, olvídate de ellos y no me los vuelvas a mencionar" sin más le colgó el teléfono a su mamá.

Comenzó a llamarles a sus excolaboradores, a todos invitó a su casa esa tarde como a las siete, une reunión de comida y proposición de trabajo, abrirían un despacho en Cd. Juárez, con un cambio, antes la repartición de los honorarios cobrados era 70% para el despacho y 30% para el tramitador, ahora sería el 50 y 50, además les garantizaba un buen trato y hasta el pago de mudanzas, las rentas de seis meses de una buena casa. Inclusive le habló al Lic. Jurado. Todos dijeron que si irían.

Ordenó comida de fiesta como para una docena de personas, por supuesto de "Mucho de Todo" especialistas en banquetes; aunque tan solo esperaba cinco o seis, por si a alguno se le ocurría llevar la esposa. También resurtió el bar, ordenó hielo y hasta contrató un servicio de limpieza de casa, y contrató un grupo de meseros para que atendieran a sus invitados durante la cena.

Para las ocho de la noche ya habían llegado Bobadilla, Talavera y su esposa, Judith Molina y Rosario Cruz, y Omar Valdivieso también con su esposa. solo faltaba Manuel Jurado. Comenzaron a tomar y luego pasaron a cenar, después de la cena, los meseros recogieron los muertos, lavaron la vajilla y se fueron. Los invitados siguieron tomando, Emeterio les expuso su nuevo plan de trabajo, con una amabilidad aparente, pero muy inteligentemente planteada, a todos le parecía una buena idea que habría que considerar, pues los cambios requerirían de varios sacrificios, todos pidieron el fin de semana para pensarlo, el lunes le darían la respuesta. Como a las once, el Lic. Talavera inició la fuga, y como si se hubieran puesto de acuerdo, todos se despidieron y salieron de la casa.

Lo que Emeterio no sabía y que además le habría importado poco menos que nada, era que, con la quemada del despacho, todos habían pasado penurias, nadie los quería en sus despachos, todos habían andado prácticamente de litigantes con ingresos tan bajos que estaban pasando dificultades económicas, y "Si el hambre entra por la puerta, el amor sale volado por la ventana".

Un par de minutos antes de las doce de la noche, alguien tocó a la puerta y Emeterio fue, abrió y seguramente era alguien que él conocía, se hizo a un lado y con un ademan le invitó a pasar y esa persona le pidió que fueran a su privado para hablar, Emeterio y su visita caminaron hasta el privado, una vez ahí, sonaron dos disparos de pistola con un silenciador, no se podían haber escuchado afuera. Los dos balazos directos al corazón, ni siquiera sufrió la

151

muerte que merecía. El visitante salió de la casa con toda la tranquilidad como quien sale de la Paletería Blanca Nieves con un buena paleta de chocolate.

Pasó una semana completa, y ese sábado, un jardinero de la casa contigua fue a hablar con el dueño de la casa,

- "Debe haber algún animal muerto cerca, venga a ver como huele". El señor de la casa salió y comprobó lo expresado por el jardinero. Llamó a la policía local y reportó los olores fétidos, al rato llegó una patrulla y se pusieron a investigar de donde venían los olores, llegaron a la conclusión que era de la casa, ni tuvieron que forzar la puerta, después de tocar y no recibir respuesta se dieron cuenta que la puerta no estaba cerrada con llave entraron y encontraron el cadáver en un estado de putrefacción tal que salieron corriendo y llamaron a la Fiscalía. Comenzó a escribir el parte así cuándo llegaran los de la Fiscalía, podría irse lejos a vomitar.

- "Al entrar a la oficina vimos que el cadáver ya estaba muerto, ni para que acercarse a buscar signos vitales, y la mancha de sangre lo hacía parecer un asesinato".

Los Fiscales acudieron con el equipo adecuado y un par de horas después se llevaron el cadáver. La autopsia revelaría la causa de la muerte, con más detalles. Por supuesto, el comandante de la policía se comunicó con la Teniente Pérez de la Procuraduría. "Otra vez Emeterio, pero esta vez él es el muerto, fue asesinado en su casa, te paso la dirección, ya están ahí los de la Fiscalía". Comentó lo sucedido con su Capitán y le dijo:

- "Esto fue el resultado de una venganza a uno de los muchos a quién este desgraciado les hizo mal, casi quiero dejarlo por la paz, la justicia se lleva a cabo por los medios menos esperados, y este desgraciado se lo ganó" Pero el Capitán contestó.

- "Para hacer justicia estamos nosotros, y cualquiera que lo haya asesinado, también violó las reglas y normas sociales; por lo tanto, Teniente Pérez, no descanse hasta que me traiga a quién lo mató".

De mala gana salió, tendría que cumplir con su deber, aunque en este caso ella consideraba casi justa la venganza. Pronto llego a la casa del difunto, en ese momento estaban sacando el cuerpo y le aconsejaron no acercarse,

- "Debe tener varios días de muerto y su estado de descomposición es casi total, aun con eso pudimos establecer la identidad, era el Lic. Emeterio Rubalcaba Flores"

Capítulo 18, ¿Puede haber un crimen perfecto?

La Teniente Silveria Pérez, había estudiado Criminología, era sumamente cuidadosa, en especial los detalles que nadie más notaba, durante sus seis años de servicio, había logrado resolver varios casos bastante difíciles; sin embargo, ahora se le presentaba un pequeño problema, los enemigos que Emeterio había ganado, eran muchísimos, colaboradores, clientes, demandados, inclusive gente dedicada a los negocios turbios, como drogas, todos los abogados defraudados por Aguilera, los infractores influyentes que no resarcían los daños por su habilidad de abogado, seguramente los afectados lo odiaban.

Tomó el teléfono celular de Emeterio y comenzó a revisar las llamadas recientes, prácticamente todas tenían identificación excepto una que decía "privado" ya lo investigaría. Una llamada a cada uno de sus seis excolaboradores, una llamada de la mamá y varias llamadas a negocios locales, la contratación del personal de servicio y limpieza. Luego revisó su cartera, tenía como veinte mil pesos por lo cual se descartaba el robo como motivo, puso todo en bolsas de plástico y se las llevó

Dos de las grandes cualidades de la Teniente Pérez eran que tenía buena idea de que buscar y la otra, es que sabía dónde buscar la información. Se fue a visitar a Elvira quién casi suelta una lagrima, el verdadero amor es más grande que la más grande de las ofensas, sin embargo, se abstuvo para no mostrar una debilidad ante la teniente y su mamá, Emeterio murió el mismo día que el niño nació, solamente unas cuantas horas tuvieron vida al mismo tiempo. A la pregunta de si conocía el número privado y de quien era, Elvira le dio una respuesta mejor de la que esperaba:

- "Vicky era la que recibía todas las llamadas y llevaba un registro detallado del día, hora y quién llamaba, tendrían que preguntarle a Valdivieso donde pusieron todos los archivos", le llamaron,

- "Todo está en la cochera de la casa del licenciado, expedientes y archivos de todos". Elvira no podía salir todavía, hacía apenas una semana de haber dado a luz y batallaba para caminar, pero muy pronto se repondría.

La gran debilidad que la Teniente Pérez tenía; tanto por sus buenos sentimientos, como por su sensibilidad, era notificar a una madre que su hijo estaba muerto, peor tantito, asesinado. En sus clases de Humanidades, le habían instruido de que a medio mundo se le puede informar de la muerte desde la distancia; pero a una madre, era irremediablemente prescindible hacerlo en persona, de frente y muy atenta a la reacción pues según la psicóloga que impartía la clase, es el dolor más grande que puede llegar a tener una madre. Tragando su angustia, se dirigió al norte de la ciudad, a la casa de la Sra. Rosa María Flores, mamá del licenciado. La encontró doblando las últimas telas del taller, guardando las máquinas de coser en sus compartimientos y alistando el taller para su clausura definitiva, estaba sola y tenía la puerta abierta, de tal manera que llegó y entró, luego de identificarse con la señora y preguntarle si ella era la mamá del abogado, al tener una respuesta afirmativa, le recomendó sentarse. Luego le dijo:

- "Siento mucho señora informarle que su hijo Emeterio está muerto" la Sra. Flores agachó la cabeza y durante todo un siglo de ocho minutos no la levantó para nada, no se sabía si estaba llorando o rezando, luego con los ojos rojos por el llanto, con voz entrecortada dijo:

- "Le dije muchas veces que se cuidara y no hiciera tanto coraje o le iba a fallar el corazón, pero, nunca me quiso escuchar, yo ya lo presentía, pero no tan pronto".

La teniente pasó saliva con dificultad antes de soltar la bomba grande:

- "Señora a su hijo lo mataron de dos balazos, y si en el corazón" - "No" gritó la señora Flores y soltó el llanto fuerte, expresando todo el dolor que la noticia le había causado. Otro siglo de silencio excepto por el llanto de Rosa María,

- "Donde está, quiero ir a verlo y despedirme, fue mi único hijo, hace unos años se fue su padre y ahora él', usted ¿podría llevarme?, no me siento capaz de manejar, por favor lléveme"

Pero faltaba el tiro de gracia,

- "El licenciado fue asesinado hace cinco o seis días, su estado de descomposición está muy avanzado, el forense ha recomendado que si usted no dispone otra cosa, proceder a la cremación y luego si va a tener algún servicio, presentarlo en la urna" Ahora si la pobre mujer se le doblaron las piernas y hasta que acabó en el piso, desmayada, la teniente volteo y barrio el taller con la mirada y descubrió un botiquín colgado en la pared, corrió, sacó una botella de alcohol y se vació sobre la mano una buena cantidad y luego se lo acercó a la nariz para volverla en sí, un par de minutos y Rosa María recuperó la conciencia.

Se enderezó y la teniente la ayudó a sentarse, luego procedió a decir:

- "Él se labró su suerte, hace tiempo golpeó a una anciana, luego le quemó la cara con café caliente a una muchacha que resultó que era su amante, estuvo preso varios meses y salió nomás para encontrar su muerte, me duele mucho, pero no cabe duda que Dios no lo perdonó y le hizo pagar desde aquí sus maldades, el viernes pasado nació su hijo, le hablé para que fuera a conocerlo y se hiciera cargo de la criatura pero, él se negó, me dijo que no tenía seguridad que fuera de él y que ya le había dado bastante dinero a esa mujer, ojalá y ya con su muerte, Dios le perdone". "y si" continuo, "dígales que procedan a la cremación y me avisen donde recoger las cenizas, yo mientras voy a ir a hablar con el Padre de la Parroquia a ver si quiere oficiar por él, aunque lo dudo, se enteró de todo y hasta me recriminó por no haberle dado unos buenos cintarazos de niño para que se educara en los principios que Jesús nos enseñó; "¿Ah, ¿de dónde voy a sacar el dinero para pagar todo lo que ha de costar esto?"

- "Por eso no se preocupe, mañana en la tarde vengo por usted y le traeré el efectivo que el licenciado traía en su cartera, luego iremos a recoger las cenizas, estarán en el crematorio al norte de la ciudad".

Estaban despidiéndose cuando llegó la amiga de Rosa María, la campeona mundial de chismografía había escuchado la noticia en la radio, venía tarde; sin embargo, a la teniente le pareció perfecto que no se quedara sola. Salió.

Llegó a las oficinas de la Procuraduría ya cerca de las siete de la tarde, se fue con el Capitán para informarle de las gestiones que había hecho durante el día y le pidió autorización para entregar el dinero a la mamá, Todo positivo, el capitán le volvió a decir,

- "No tomarás ningún otro caso hasta que me resuelvas este"

¡Habló al nosocomio para que procedieran con la cremación a partir de ya, que le avisaran cuando estuvieran listas las cenizas, - "¡Ah!, pónganlas en una urna barata". Como estaría el cadáver, no se debe cremar un cuerpo asesinado, este sí. La urna no estaría lista hasta pasado mañana. En eso llegaba el Subteniente Márquez y se fueron a un bar cercano, de nombre raro, La 19. a comer taquitos con cerveza, comentar los casos que traían y dejar el estrés del día en los baños del bar.

Capítulo 19 La investigación frustrante.

Por la mañana llamó a todos les excolaboradores del despacho, los fue citando para que vinieran a su oficina, con dos horas de diferencia cada uno, luego llamó a la Sra. Flores y le informó que ya le tenía el dinero pero que las cenizas estarían listas hasta el día siguiente,

- "Yo le aviso y voy por usted".

El primero en llegar fue Omar Valdivieso, la teniente le preguntó si estaba enterado de lo acontecido y si, ya estaba enterado, y si, respondería a todas las preguntas con lo mejor de su conocimiento. Empezó la teniente por preguntar cómo eran sus relaciones durante el tiempo de actividades y posteriores al cierre del negocio. De hecho, Omar no tenía grandes quejas del abogado, solamente mencionó que le había obligado a pagar la indemnización de Domitila con el mínimo de los costos, pero que no podía haber hecho otra cosa, no quebrantamos la ley, pero si, esa mujer merecía mejor.

- "Usted sabe teniente que una buena administración hace crecer los negocios, yo le ayudé mucho al licenciado en ese aspecto, tal vez algunas veces al límite de la legalidad, pero nunca violando las leyes".

Platicaron por espacio de una hora, si había contratos con cada uno de los empleados, estaban en los archivos, si, todos los expedientes de los casos del despacho estaban ahí. Luego la teniente le hizo las preguntas claves de la entrevista:

- "¿Sospecha usted de alguien que quisiera matar al abogado? ¿Y lo haya hecho?"

- "Uf" contestó Omar, "el licenciado se ganó muchos enemigos, pues siempre se inclinaba por el que mejor podía pagar, no sabría decirle ni nombres ni casos, pero debe haber bastantes, tendrá que revisar los expedientes y juzgar por sí misma, y no, no sospecho de nadie en particular. Cenamos con él el viernes por la noche, nos invitó a abrir un despacho en Cd. Juárez, con mejor repartición de los honorarios devengados para nosotros, pero pensándolo bien, ni siquiera le hablé para decirle que no.

Terminó la entrevista y fue con el Capitán requería una autorización para incautar los expedientes, traerlos y poderlos revisar uno por uno.

El siguiente llamado era el Lic. Ernesto Talavera,

- "Si, muchas veces las relaciones eran tensas, nos obligaba a actuar muy al límite de la ley y posiblemente en alguna ocasión al límite exterior, nada grave, o de consecuencias, pero nos convenía acelerar los trámites, el tiempo en la cárcel es horrible, solamente fui de visita y creo que primero muerto que estar preso, lo sabemos y alguna propina nos hizo ganar el tiempo que necesitábamos, esas propinas eran necesarias, de otra manera el proceso duraría dos o tres días, con el mismo resultado. No sabría darle nombres de quienes aceptaban acelerar los trámites, pero si fueron algunos. Eso sí, jamás algo drástico que no fuera totalmente legal. Eso lo pagamos todos los que laboramos en el despacho, después que se cerró, todos los despachos de la ciudad nos cerraron la puerta, nos decían que el licenciado nos había mal acostumbrado y no quisieron darnos trabajo, afortunadamente hay muchos litigios pequeños que nos mantuvieron a flote hasta el día de hoy, yo creo que a todos los compañeros les pasó lo mismo. Nos invitó a cenar el viernes estaba planeando abrir el despacho en Juárez claro queriendo dorarnos la píldora, nos ofreció hasta lo que no podría cumplir, yo creo que ni loco habría aceptado. Fue la última vez que lo vi". "No, no tengo idea quién pudo haberlo matado, pero estoy seguro de que hay muchos que hubieran querido hacerlo".

La siguiente fue Rosario Cruz,

- "siempre nos habíamos llevado bien, yo cumplía con mis obligaciones y abonaba al despacho buenas contribuciones, sobre todo con los intestados que son casos muy difíciles pero que yo manejaba con bastante eficacia, y sobre todo el tiempo, y sí, en una ocasión me hizo alargar el tiempo para la resolución y aumentar los honorarios que ya eran cuantiosos, contrario a mi forma de ser, no tuve más remedio que proceder como se me indicó".

- "Usted salió del despacho ya casi hace el año, ¿por qué?"

- "Bueno se nos presentó un caso de una herencia que podía haberle dejado al despacho unos cuarenta millones de pesos, pero los interesados desistieron de hacer la demanda y el licenciado me echó la culpa a mí; yo creo, que el respeto a las decisiones de la gente es primero". Inclusive, habló a todas las notarías para dar malas recomendaciones, pero ellos sabían de mi efectividad así que no tuve problemas para colocarme; prácticamente, no dejé de trabajar y, por supuesto algunos clientes me siguieron. Si, asistí a la cena, más por curiosidad de ver si los acontecimientos habían hecho estragos en él, pero no, seguía con sus sueños de grandeza y deseaba arrastrarnos con él. No, no tengo idea de quién lo asesinó, pudo ser algún puchador, o algún junior que duró más tiempo guardado de lo que hubiera querido, y en la cárcel no es fácil sobrevivir, especialmente para los jóvenes juniors a los que violan o torturan por placer los realmente malosos, algunos de los distribuidores de droga, que su puchador cayó y lo hicieron cantar con "argumentos convincentes".

Siguieron el Lic. Bobadilla y Judith, pero no aportaron nada nuevo, y no

- "No nos hemos podido colocar en otro despacho, piensan que estamos acostumbrados a las supuestas mañas de Lic. Rubalcaba, nadie nos quiere, pero hemos hecho algunos trabajos para gentes que nos conocieron nuestra efectividad y ahí la vamos pasando. Si asistimos a la cena, pero, prácticamente nos fuimos todos juntos, llegamos a tomar otro trago ya más tranquilos y luego a dormir como niños buenos.

El día se le había acabado y sentía no haber avanzado un paso al frente, estaba igual que ayer. Ningún indicio por parte de los colaboradores, y todos dijeron haberse ido a dormir. "A ver si tengo más suerte con Manuel Jurado, también lo corrió Emeterio".

Boni, Vicky, Jaime, Raulito y los IBM no aportaron nada.

Capítulo 20, Un sepelio sin llantos.

Apenas había llegado a la oficina cuando le avisaron que las cenizas de Emeterio estaban listas y le preguntaron:

-" ¿A que laboratorio enviamos las muestras para la prueba de ADN"?

- "No se todavía, guárdalas y luego te informo" Le llamó a la señora Flores. En media hora pasaría por ella, guardó el dinero en un sobre y lo puso en su bolsa, de pasada le dijo adiós al Capitán y se fue. Aun cuando la cremación estaba un poco fuera de la ley, la orden se cumplió por el peligro que representaba el extremoso estado de descomposición dos días en el congelador no habían minimizado el fétido humor, y tenían certificación de que las dos balas penetraron el corazón, con una puntería envidiable. La única otra nota que tenían era la gran cantidad de alcohol encontrada, hasta las bacterias que se estaban comiendo el cuerpo andaban borrachas, pero si, había muerto de pie. Las balas extraídas eran del calibre 38, expansivas y muy comunes. Le desaparecieron el corazón que no tenía.

Si, el padre de la Iglesia de San Antonio oficiaría la misa de hoy a las siete y con las cenizas presentes. En ratos, a la teniente le ganaba el corazón sobre la razón, se fue a la casa de Elvira, le comunicó lo de la misa y le preguntó si le gustaría ir, ella la llevaría y traería de nuevo a casa. Fueron su mamá y Domitila las que la convencieron de ir,

- "Ve y perdónalo, y pídele a Dios que también lo perdone, para que eches el rencor fuera de tu alma y sea para la felicidad de tu hijo"

- "Yo también quiero ir, y también le perdonaré para tranquilidad de mi alma, no puedo hacer más por él". Dijo Domitila, María Elena y Prudencia las animaron, nosotros cuidaremos al niño, vayan y dejen el rencor por ese hombre, a todos nos caerá bien un poco más de paz.

Ya eran cerca de las seis cuando se alistaban para irse, cambiándose a ropa negra, cuando el teléfono de la teniente Pérez sonó, era Rosa María, ¿podría hacerle el favor de pasar por ella para ir al templo, no tenía quien la llevara?

- "Bueno" contesto Silveria, "ahí paso luego por usted". Ahora sí que dos más dos son ocho, "¿cómo me vine a meter en esta bronca?" Ya iban bajando por la Calle Pacheco cuando se atrevió a decirles,

- "Pasaremos por la señora Rosa María Flores, que es la mamá de Emeterio y me acaba de hablar, no tiene quien la lleve al templo, pero, creo que ella no tiene ninguna culpa del comportamiento de Emeterio y además es la abuela de tu hijo". Un balde de agua helada y con hielitos, Elvira le dijo:

- "Pare y déjenos bajar, ya no quiero ir". Domitila intervino,

- "Mira hija ella no es culpable de nada y también debe estar sufriendo por esa muerte, a ella no tienes nada que reclamarle, y si te hará bien conocerla y juntas pedir a Dios por su alma". Elvira se quedó en silencio y no volvió a decir palabra hasta que llegaron a casa de Rosa María. Sin que nadie le dijera, Elvira se cambió al asiento de atrás junto con Domitila para dejarle el asiento de adelante a Rosa María; la teniente se bajó, y antes de llegar a la puerta, salió Rosa María con la urna en sus manos,

Silveria se adelantó para abrirle la puerta y se subieron al carro. Apenas estaba arrancando el carro cuando Rosa María se volteó hacia atrás y dijo:

- "Tu', dirigiéndose a Elvira, debes ser Elvira, dime cómo está tu niño, espero que muy bien, te ves excelente, gracias por venir, creo que somos compañeras del mismo dolor y a lo mejor podremos consolarnos mutuamente, ojalá perdones a Emeterio, sé que te hizo mucho daño, pero ya pagó con su vida sus maldades". Elvira no sabía que contestar y al escuchar su silencio, Domitila intervino:

- "Si señora, ella es Elvira, y yo soy Domitila, precisamente por eso vamos al servicio para pedirle a Dios que también lo perdone". Elvira reaccionó,

- "El niño está muy bien, está muy sano y es muy bueno para comer, pero nunca le permitiré que estudie para licenciado, será lo que quiera, menos *eso*". El énfasis que puso en la palabra "eso" fue más que elocuente y nadie volvió a decir palabra hasta llegar al templo. Silveria se estacionó a la puerta para bajar su pasaje, luego fue a estacionarse muy cerquita, no había gente atendiendo la misa. Rosa María colocó la urna sobre una mesita al frente y centro del altar y se fue a sentar en la primera banca, junto a Elvira, Domitila y Silveria. Nadie lloró y hasta el Padre fue breve en su despedida; es más, ni siquiera dijo "nuestro hermano"

La muerte llega y al ser querido se lleva,
le lloramos unos instantes,
rogamos a Dios por su alma,
luego nos vamos, a seguir la vida como antes.
Es la ley natural.

Capítulo 21, Solo Dios sabe, y no nos va a decir.

La teniente Silveria Pérez siguió con su investigación, leyó unos cuarenta o cincuenta expedientes en los que había intervenido directamente Emeterio, leyó los contratos de los colaboradores y los empleados, contratos leoninos, 70% para el despacho y 30% para el tramitador, empleados con sueldos bajos, pero algo si le llamó la atención, todos habían recibido un bono de 175,000.00 pesos hacía un año. Llamó a Valdivieso para que le aclarara de donde vino todo ese dinero, eran casi tres millones de pesos.

- "Fue el caso de un hijo de un traficante en el que todo el despacho trabajó para lograr su libertad, se comprobó que había sido un secuestro y la compensación fue esa".

- "Dinero del narco, pero repartido, nombres, los quiero, pero ya".

- "Yo no los sé, pero en los archivos de Talavera tal vez pueda encontrar algo" En la lista de llamadas que Vicky elaboraba, habían encontrado otra vez el número privado del celular de Bulmaro tenía las fechas, más de un año, y tan solo las letras B. G. como identificación de quien llamaba, luego una llamada el día de su muerte o cuando mucho uno antes. Sospechoso número uno, ya la lista pasaba de 20, y cero pruebas o siquiera indicios de quién era el asesino, Luego descifró el nombre, Bulmaro Guzmán el líder del cartel del norte, pero no había un número que rastrear y si hubiese sido él, habría enviado un sicario a cumplir la orden, aunque algo no concordaba con eso, el asesino había recogido los dos casquillos de las balas disparadas y se los había llevado, las pruebas de balística, no arrojaron registro alguno de la misma arma, los rayados no concordaban con ningún récord. Buscó en los archivos de vendedores de armas, ninguna señal de la pistola asesina. ¿La pistola o la mano?

Leyó sobre el caso de los Gamboa y recordó haber escuchado sobre la muerte de la niña, fue y se entrevistó con ellos, y estaban de visita los Barragán que ya se habían hecho amigos padeciendo el mismo infortunio.

- "Si", le comentó Emilio, "nos hubiera gustado darle piso, pero afortunadamente alguien se nos adelantó y con mucho, ninguno de nosotros tenemos armas ni el corazón tan negro como para matar a otro; aun cuando nos haya hecho mucho daño".

Efectivamente se comprobaba qué el odio hacia Emeterio era muy común, pero cero pruebas. Solamente había hecho felices a dos hombres y sus familias, a los que él pensó haber agarrado en los peores quince minutos de tontejos Hilario Campos y Maximino Ortega, les habían dado un anticipo de cien mil pesos a cada uno, al no haber cierre de contrato, el Notario les informó que se podían quedar con el dinero,

- "Felicidades los terrenos siguen siendo suyos. Estos hombres jamás se enteraron de la muerte de Emeterio, tal vez ellos si hubieran rezado un novenario.

Tenía en sus manos el expediente de Jacinto Fernández y fue a entrevistarlo, este la recibió con gusto y cuando ella le dijo que quería hablar sobre el licenciado Rubalcaba, Jacinto soltó la risa: -"Por fin alguien se decidió a hacerse justicia por sí mismo, me hubiera gustado darle caña yo mismo, pero quemarlo poco a poco, imagínese, a mí me inventaron tres hijos con una mujer que jamás conocí, si, hasta falsificaron pruebas de ADN y tuve que pasar casi un mes en la cárcel, nomás porque yo no tenía dinero y mi ex sí". Este hombre ni siquiera podría estar en la lista de sospechosos. Ya se había casado de nuevo y tenía un hijo pequeño.

Pasaron tres meses y después otros tres, la Teniente Pérez se sentía desilusionada de sí misma, le pedía al Capitán dar carpetazo al caso, pero el Capitán sabía tocar los puntos sensibles de las personas:

- "Si algún día se te ocurre que puedas llegar a ser Capitán, mejor te vale que resuelvas este caso, te doy tres meses más y si no me traes al culpable, no podría darte mi recomendación. Que tú sabes es la absolutamente necesaria para conseguir el ascenso, es más te propongo algo, tú me traes el asesino y yo te propongo para el ascenso, ¿Qué dices, le entras o no"?

De la esposa de Emeterio nadie supo nada, no hubo a donde comunicarse, ni el Consulado Mexicano de Buenos Aires la pudo localizar. El Notario después de publicar los edictos en los periódicos, en Chihuahua, Cd. De México, y de Argentina tres periódicos, El País, La Nación y El Clarín, sin respuesta alguna pasado el tiempo reglamentario, no tuvo empacho de declarar a la Sra. Flores heredera única, vendió la casa con todo y muebles tomó el 80% del producto de la venta y se lo llevó a Elvira y al hijo, le nombraron Jesús, Jesús Salas Nieto. La abuela estuvo presente en el bautizo, le llevaba buenos regalos, en Navidad se juntaron para la cena, la paz regresaba a sus vidas, varias veces Silveria los acompañó en sus reuniones, La señora Flores quiso regalarle la camioneta de Emeterio a Prudencia, pero ésta la rechazó y la Sra. Flores propuso venderla y darle a Prudencia el dinero, todos dijeron que sí. Y por supuesto Prudencia recibió algo ya ganado.

La inactividad es la peor consejera de la salud, Rosa María se la pasaba viendo televisión y comiendo chucherías, claro que la campeona de chismografía casi se había instalado en la casa, sobraba comida y comentaban las novelas, a veces venía Elvira y se la llevaba a las tiendas, pero la Sra. Flores ya se sentía cansada, una tarde, la campeona tuvo que llamar a una ambulancia, casualmente iban llegando Silveria y Elvira, tenían que celebrar que Chuyito iba a cumplir dos años, parecía que a Rosa María le había dado un infarto, llegó la ambulancia y se la llevó al hospital, Silveria y Elvira la siguieron, llegaron a Urgencias y lograron salvarle la vida a la señora, fue llevada a un cuarto, al rato Elvira tuvo que regresar a su casa.

La Teniente Pérez y Rosa María se quedaron platicando un par de horas, como a las ocho de la noche la señora falleció.

El día siguiente la teniente no se presentó en la Procuraduría, simplemente llamó y dijo que estaba atendiendo un funeral. A la mañana siguiente fue al despacho del Capitán:

- "Ya sé quién mató al licenciado Rubalcaba"

- "¿Ya lo tienes preso? Preguntó el Capitán. Un minuto como de ciento veinte segundos y la Teniente Pérez lo dijo muy lentamente,

- ¡Imposible!, **ayer**, sepultamos a *¡la maamá!*, ¡¡¿Quieeén?!!

RIP

Made in United States
Orlando, FL
05 November 2023